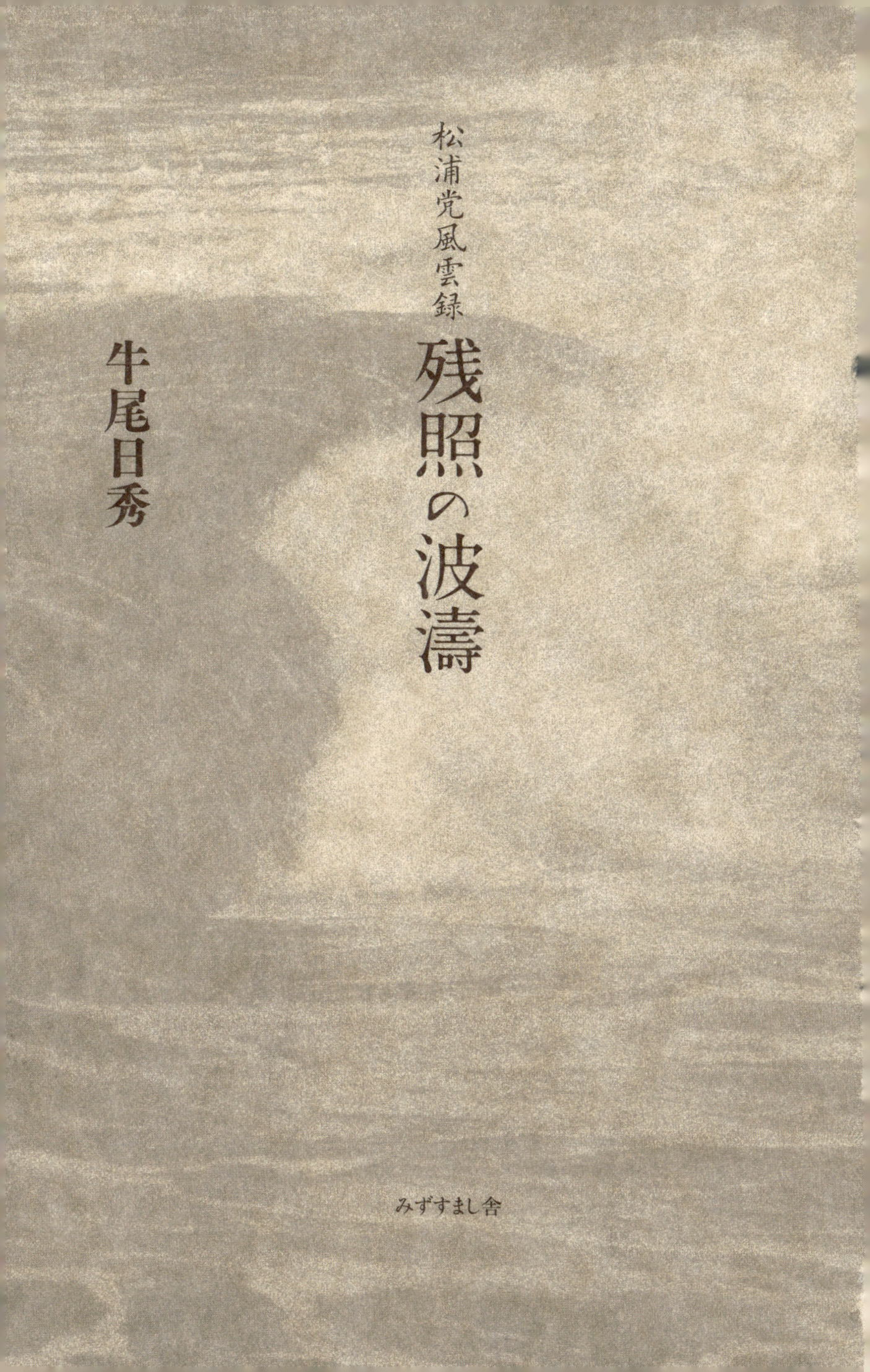

松浦党風雲録

残照の波濤

牛尾日秀

みずすまし舎

装丁／design POOL

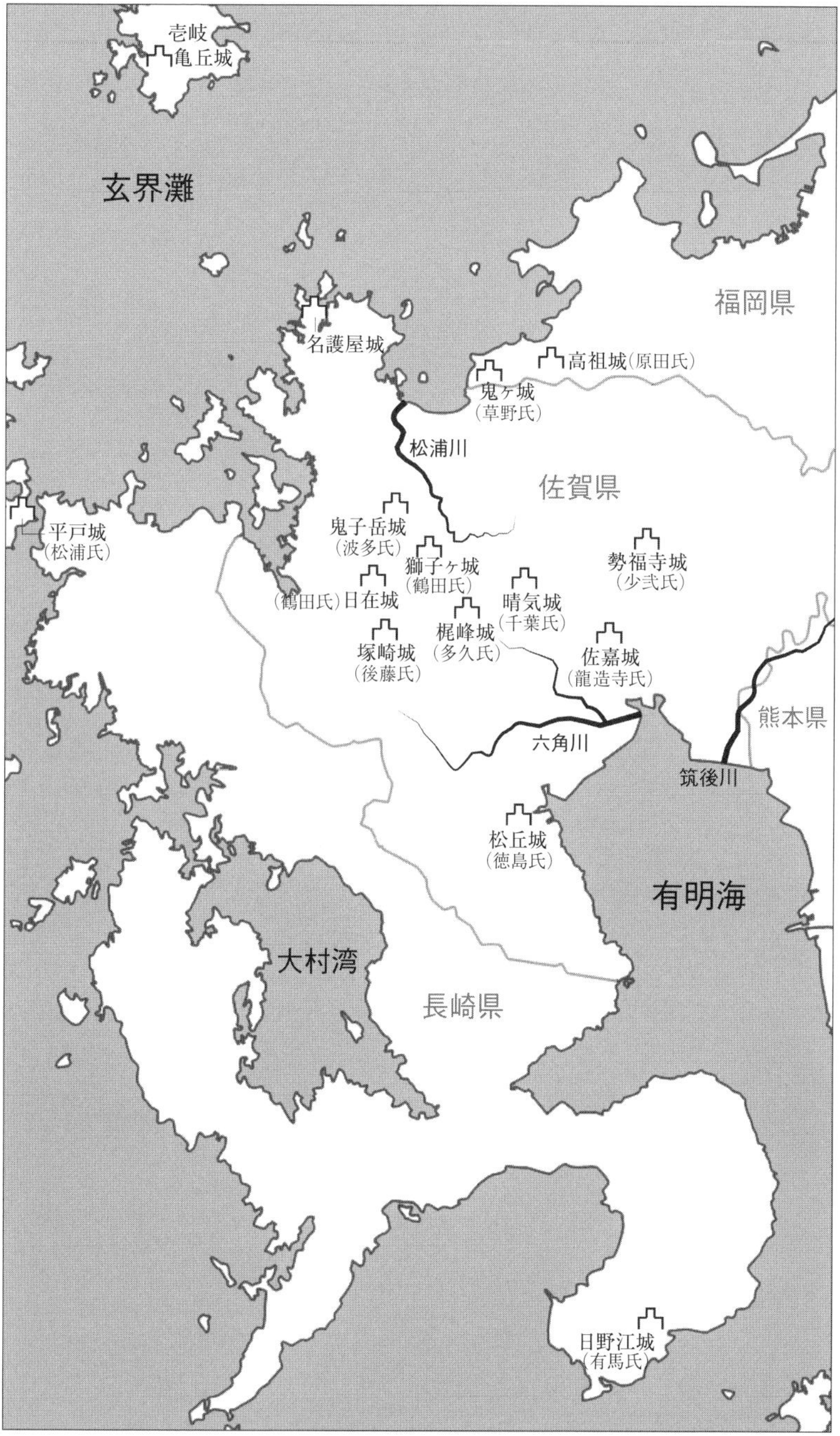

本書に関する中世城址の分布図（地図は現代のもの）

一

「ばかばかしいと思うだろうが、そちのためだ」

十二歳になった鶴田甚五郎《じんごろう》は、父親の鶴田前《すすむ》から「草鞋取《わらじと》り」を命じられた。鼻緒が切れやすい雨の日などは懐《ふところ》に予備の草鞋をしまって供《とも》をし、登城《とじょう》した時はたくさんの草鞋の中で、主人のものを判別しておくのである。

特に、草鞋取りの真価は主人の外出の時に問われた。草鞋を二枚裏合わせにして腰に差して待機し、上がり框《かまち》の七尺ほど離れた場所から一枚ずつ投げる。踏み出す方向にきちんとそろえられなければ、主人に恥をかかせる者と見なされていたのである。

練習には、甚五郎の養育係の渕上内蔵介《くらのすけ》が立ち会っていたが、口癖のように言われることがあった。

「気があせればそろえられませぬ。その日の天候を読み、殿の気持ちを先取りして動くのです。草鞋取りの仕事は、この戦国争乱の世に対処する知略にもつながっていくのでございます」

そんな意味など幼い甚五郎にはわかるわけもなかったが、言われるとおり練習に励んだ。

甚五郎が生まれた室町・戦国期は、他人の領地を侵略する風潮が各地で広がり、訴訟機関の問注所《もんちゅうじょ》も機能しなくなってしまっていた。鎌倉期から室町初期にかけての将軍は「鎌倉殿」、「室町殿」ともてはやされてきたが、武士の台頭によって「応仁の乱」が勃発《ぼっぱつ》すると、将軍の権威はすっかり失墜してしまっていた。

その頃、九州には大友氏、有馬《ありま》氏、松浦《まつら》氏、少弐《しょうに》氏、龍造寺《りゅうぞうじ》氏、千葉氏、島津氏などの豪族が群雄割拠《ぐんゆうかっきょ》しており、知謀《ちぼう》に長《た》けた家臣が主君を滅ぼす「下剋上《げこくじょう》」、君主の座を狙う家臣を排除する「上剋下《じょうこくげ》」に加えて、家臣同士の権力闘争が表面化するようになっていた。

ポルトガルから火縄銃《ひなわじゅう》が伝えられてからというもの、各地の豪族たちは目の色を変えて鉄砲を買いあさっていた。そこに目を付けた平戸の松浦隆信《たかのぶ》は火薬調合書と火縄銃製造の設計図を手に入れ、自領で大量に生産していた。

その松浦隆信と仲が良かった鶴田前《すすむ》も鉄砲を買い集めていたが、鶴田一族を指揮する総大将となるべき甚五郎には戦力のみならず戦略の知謀が求められていたのである。

力こそが正義——

敵がなにを企《たくら》み、どのような戦術を用いるか、「読む力」がなければ戦国の世を生き抜くことはできない。雨の日と晴れた日の草鞋の投げ方は自ずとちがう。湿気の度合いによって微妙な力加減が必要となる。主人の外出、退出の間合いを読む感性、機転も求められる。

父の鶴田前は、草鞋取りの仕事をさせることで、甚五郎に「読む力」を備えさせようとしたのであった。

鶴田家は「松浦党」の末裔《まつえい》である。

松浦党の始祖である松浦久《ひさし》は渡辺綱《わたなべのつな》という人物の曾孫であった。平安中期の武将・源頼光《よりみつ》の四天王の一人であった綱は頼光に同伴して松浦国の荘園に赴くと、肥前・名護屋で女人との間に授《さずく》という子どもをもうけた。

その授の孫に当たる松浦久が宇野御厨《うののみくりや》(現・長崎県松浦市御厨)の荘園領主となると、その末裔は西肥前一帯に広がり、五百を超える氏族を形成するようになる。そして、その中の有力者は、それぞれの拠点の地名を自分の苗字《みょうじ》とし、父祖伝来の一字名を名乗る。甚五郎の父は「前《すすむ》」、父の兄弟は「直《ただす》」、「勝《すぐる》」、「正《ただし》」、「弘《ひろむ》」といった。

松浦党人は玄界灘に面する複雑な地形を利用して漁業に頼り、荒波をものともせず自在に船を操る技術を有していた。怒濤《どとう》を越えて生き抜く海人《かいじん》特有の気性の荒さと、時代の空気を読む臨機応変な知略も持ち合わせていた。

それによって、源氏と平家の合戦では風向きを読んで平家から源氏へと鞍替《くらが》えし、南北朝の戦いでは南朝方から北朝方に寝返って、日本に歴史的転換をもたらしたこともあった。

その後は、大陸や南の国との交易を生業《なりわい》とし、中には「倭寇《わこう》」と呼ばれる略奪行為をはたらく者も出た。そうした変節《へんせつ》ぶりによって松浦地方一帯は、都の貴族から悪党の巣窟《そうくつ》のように見なされていた。

しかし、戦国時代に突入すると、もはや松浦党全体を結束させる実力者はいなくなり、それぞれの部族の有力者の利害得失の判断によって動くようになる。西肥前にあった松浦党は、下松浦に点在する「下松浦党」と上松浦に点在する「上松浦党」に大別されるが、この時代の主な有力者を挙げると次のようになる。

下松浦党………松浦氏・伊万里《いまり》氏・黒川《くろがわ》氏・志佐《しさ》氏・山代《やましろ》氏・有田氏・大河野《おおかわの》氏

上松浦党………波多氏・鶴田氏・青山氏・石志氏・相知《おうち》氏・佐志《さし》氏・有浦氏
日高《ひだか》氏・値賀《ちか》氏・斑島《まだらじま》氏・草野氏

上松浦党の波多家は、松浦久の次男の持《たもつ》が従五位《じゅごい》に叙されて東松浦の波多郷という場所に分封《ぶんぽう》されたことから、その地名を姓としていた。波多持は、鬼が棲《す》んでいたと言い伝えられていた天然の要害の鬼子岳《きしだけ》を牙城《がじょう》とし、その初代城主に収まった。以来、同族としての絆は弱くなっていったものの、上松浦党の諸家は波多氏を一応の主家と見なしていた。鶴田家は波多家と祖先を一つにしていたこともあって、甚五郎の祖父の鶴田伝《つとう》は鬼子岳城に近い佐里《さり》（現・唐津市相知町）に住み、およそ七百石の所領を有していた。

だが、下松浦の伊万里氏との境界にある日在《ひあり》城の大河野家が絶えることになったために、鶴田伝《つとう》は後継者として日在城に呼ばれた。大河野家は鶴田家の親族であり、鬼子岳城の麓の佐里村一帯を所領（大河野家の飛び地）としていたので、二千石を有する日在城の砦主《さいしゅ》として収まった伝は立身出世したことになる。

そして、伝が小城《おぎ》の千葉氏との戦いで戦死すると、日在城は甚五郎の伯父の鶴田直《ただす》が継承することになった。

その後、甚五郎の父である鶴田前《すすむ》が鬼子岳城の東南を固める獅子ヶ城《ししがじょう》の砦主に任じられた。だが、日在城が佐嘉《さが》の龍造寺《りゅうぞうじ》氏と小城の千葉氏の連合軍から攻められたことを契機として、主家の波多家は東南の防衛を堅固にしておく必要があった。

この城の東南には多久《たく》の梶峰《かじみね》城、小城の晴気《はるけ》城がある。梶峰城と晴気城はしばしば有馬氏や龍造寺氏から攻略を受けていたから、獅子ヶ城は防衛拠点として重要であった。

そこで、鶴田前は鎌倉時代からあった獅子ヶ城を整備し、主家の波多家を外敵から守る任務に当たっていた。規模はそう大きくはないが、隆起した天然の水成岩によって三方が断崖絶壁となった山城である。

しかし、天文十六年（一五四七）の夏、鬼子岳城の第十六代当主であった波多盛《さこう》が三十歳の若さで急逝してからというもの、跡目争いの渦中を突いて、龍造寺氏が虎視眈々《こしたんたん》と上松浦一帯を狙っていた。

鶴田前は一日も早く、鬼子岳城の当主を決めねばならないとあせっていた。だが、大

きな体躯《たいく》から歯に衣《きぬ》着せずに物を言うことがあったので、
「前公《すすむこう》には兄の直《ただす》公のような徳がない」
と、主家の鬼子岳城の家臣たちから敬遠されていた。
前は上松浦に点在する属城の中でも、主家・波多家の勇猛の武将として名を馳《は》せている。獅子ヶ城の家臣や領民からは篤《あつ》い信頼を集めていたので、甚五郎は父が誤解されていることを残念に思っていた。

波多盛の妻は、津保子（新芳ともいう）といった。津保子は多久宗時《むねとき》の娘として多久・梶峰城から嫁いできたが、盛との間には波多家の将来を託すべき子どもが生まれなかった。

跡目相続の評定《ひょうじょう》をつづけていた鬼子岳城の重臣は、山本の青山采女《うねめ》正《ただし》、玄海の値賀伊勢守《いせのかみ》長《ながし》、相知の相知掃部助《かもんのすけ》、有浦の日高甲斐守《かいのかみ》喜《このむ》、大河野の鶴田兵部《ひょうぶ》大輔《だゆう》直《ただす》、そして鶴田越前守《えちぜんのかみ》前《すすむ》の六人である。

その評定を見守る者として、一人の筆頭家老と二人の家老がいた。筆頭家老は日高大和守《やまとのかみ》資《たすく》、家老は川添播磨守《はりまのかみ》親《ちかし》と有浦大和守高《たかし》である。

六人の重臣の中では、青山正と値賀長が後室派、日高喜と相知掃部助が反後室派であった。この二派の対立は、当主代行を務めていた津保子が、自らが当主になることを主張したことからはじまった。だが、松浦党の掟としては女性が当主になることが認められていなかったので、ひそかに腹心の青山正と値賀長に内命を下して、掟そのものを改めるよう主張させてから、後室派と反後室派の対立が表面化しだした。

やがて津保子は当主の座は諦めたが、こんどは自分の故郷である多久の梶峰城が誼《よしみ》を通じていた有馬家から養子を迎えることを主張するようになった。

津保子が頼りにしていたのは有馬晴純《はるずみ》の財力と武力であった。晴純は九州の島原半島一帯を治め、ポルトガルとの交易で莫大な財を築き、献金の対価として将軍・足利《あしかが》義晴《よしはる》から「晴」の偏諱《へんき》を賜っていた。

晴純の祖父の貴純《たかずみ》は武勇に富んでいた。その頃の有明海は水深があったので、水軍によって軍船を走らせて北上すると、肥前の太良《たら》、鹿島、塩田、嬉野の藤津郡を初め、白石、江北《こうほく》、大町《おおまち》、北方《きたがた》などの杵島郡《きしまぐん》を自国の傘下《さんか》に収め、さらに北進して多久、小城にまで触手を伸ばしていた。

かつて、杵島郡を自領との境にしていた小城の千葉氏は、これを封じようと肥前における有馬氏の城砦《じょうさい》を陥落させたが、晴純は次々にこれを奪還し、政略結婚によって杵島郡の平井氏、白石氏、後藤氏、前田氏などに一帯を支配させていた。

その頃、平戸の松浦氏と龍造寺氏以外、肥前の城主たちのほとんどが有馬氏に従属していた。

有馬家には波多盛《さこう》の父である興《おこる》の長女（洗礼名・マリア）が、晴純の嫡男の義直《よしなお》（後に義貞と改名）に嫁いでいたから、波多氏と有馬氏はまったく知らぬ仲であったわけではない。津保子が迎え入れようとしたのは、その義直の次男であった。

有馬藤童丸《とうどうまる》――

しかし、重臣評定の席上、反後室派の日高喜と相知掃部助は、壱岐《いき》・亀丘《かめおか》城の城代・波多隆《たかし》を主張した。

そこには平戸《ひらど》の松浦、その後ろ楯である周防《すおう》の大内義隆《よしたか》からの大きな圧力があった。

松浦隆信と同様に波多隆も義隆から「隆」の偏諱を拝命していた。

また、松浦隆信の母は波多興の次女に当たり、その頃ポルトガルから輸入していた火縄銃を隆信が独自に製造していたこともあって、その血縁と武力から日高と相知は波多隆を推そうとしたのである。

その結果、後室派を押し切る形で波多隆が推戴《すいたい》され、後室の最終決断を待つばかりとなった。だが、こんどは津保子がそれを承服しなかった。

つまり、鬼子岳城の跡目騒動の構図は、津保子を推戴する後室派と波多隆を推戴する反後室派の権力闘争から、有馬藤童丸を主張する後室派と波多隆を主張する反後室派の対立に変わっていたのである。

松浦隆信や日高喜や相知掃部助と親しかった甚五郎の父の前《すすむ》は、波多隆を新当主とするよう主張したが、そのたびに兄の直《ただす》から注意されていた。

「この波多家を二分するようなことがあってはならぬ。鶴田家は父・伝《つとう》の遺言を守って、波多家の同族を一致結束させなければならぬのだ」

しかし、前は後室の津保子に対しても歯に衣着せず言った。

「我らは何度も評定を重ねた上で、波多隆公をご推戴申し上げた。それを後室さまから覆されるとなれば、重臣などいなくても同然。評定無用の前例を残すことになりかねませぬ」

「だが、跡目相続の掟としては、後室の判断に委ねられているではないか！」

「それは双方が話し合って決定するということであって、決定権が後室にあるという意味ではない。ご養子を迎えられることには反対いたしませぬが、この鬼子岳城の当主ということになると、話は別でござりましょう」

「馬鹿な、うちの養子となれば、跡目を相続するのは当然ではないか！」

と、津保子は反論する。

「跡目を相続しても、六歳の当主になにができましょう」

と、前も譲らない。

これに対して、老臣の青山は津保子を弁護した。

「我らが誰を推戴しようとも後室さまのお気に召されぬ者を跡目に据えるわけにはいかぬ。後室さまは有馬藤童丸君《ぎみ》を迎えたいと仰せなのだから、これに従うのが家臣というものである」

青山は鬼子岳城の北を固める青山城の城主であったが、前は後室に媚《こ》びを売る狡《ずる》い男と軽蔑していた。

「六歳の当主に軍議の決断はできぬ。仮に藤童丸君を当主としてお迎えしても、それに代わって決断されるのは後室さま。我らの軍議は覆されるに決まっておる」

と、主張するが、にべもなく青山は前に言う。

「そなたは口が悪い」

前も立ち上がって青山を指さす。

「そなたは頭が悪い」

ここで直が前を叱った。

「馬鹿者、坐れ。ご老臣の青山公に対して、そのような言い方はいかにも無礼である。控えよ！」

しかし、後室派の先鋒である青山と値賀は、先の評定はなかったことにすべきと主張し頑《がん》として退《ひ》かない。一方、反後室派の先鋒であった日高喜と相知掃部助は波多隆を主張して激しく抗議する。

こうした跡目騒動が数年にわたってつづいた結果、筆頭家老の日高資《たすく》の苦悩を知った鶴田直は、有馬藤童丸を迎えることに妥協した。直は資とは昔からの長い朋友であった。決を採った結果、鶴田直、値賀長、青山正、そして評定をまとめる立場としての日高資の一票が加わり、四対三で藤童丸を第十七代当主として迎えることが決定したのである。

ところが、ここで問題が起こった。

――波多隆、自決す
と、不測の通報が飛び込んできた。

壱岐の地頭の六人組から謀反《むほん》を起こされ、亀丘城を襲撃されたのである。隆は襲撃を察知して城外に逃れた。そして、落ち武者となって山中をさまよったあげく、壱岐の鵜の部海《うべ》岸で家臣の二人と自決してしまったという。

日高喜と相知掃部助と鶴田前は、この事件の裏には後室派の青山、その陰には津保子がいると見た。藤童丸の跡目相続を決定的にするため、隆を亡き者にしたのだと考えた。

隆が亀丘城から脱出したという情報が入った時、日高喜は津保子に強く進言した。

「一刻を争っておる。隆公を救出せねばなりませぬ。即座に六人組を捕縛《ほばく》して理由を質《ただ》し、亀丘城を奪還すべきでございます」

しかし、津保子は釘を刺した。

「跡目が藤童丸君に決した以上、隆公は跡目相続の枠からはずれたのだ。壱岐は逃げぬ。新当主のご意向を聞いてからのことにする。それまではうちが当主代行である。命令に従わぬ勝手な行動は許さぬ」

玄界灘に浮かぶ壱岐は、永仁元年（一二九三）、波多宗無《そうむ》が郷《ごう》の浦《うら》に亀丘城を修築して以来、船乗りたちの休息、食糧の補給、積み荷の保管など、漁業や海外との交易に欠かせない重要な拠点として波多家が守ってきた。

一時期は、波多家譜代《ふだい》の志佐氏、佐志氏、鴨打《かもうち》氏、呼子《よぶこ》氏、塩津留《しおつる》氏の五人から奪われたこともあったが、盛の祖父の波多泰《やすし》がこれを奪還して以来、盛は弟の志摩守《しまのかみ》に亀丘城を守らせると、その後は志摩守の嫡男の波多隆へと継承されていた。しかし、その隆は死んでしまったのである。

甚五郎は、大河野の日在城で父の前と伯父の直の会話を聞いた。

「兄者よ、なぜ藤童丸を認めた？」

「あれ以上混乱させれば、上松浦の諸家にまで亀裂が入ることになる」

「だが、おかしいとは思わぬか？」

と、前は口をとがらせた。

「我らが波多隆公を推戴したのが三月十日、後室さまが最初に藤童丸君を推戴なさったのが四月三日。隆公が六人衆から襲撃を受けたのが四月九日。そして四月二十四日に隆公が自決された。藤童丸君の跡目を揺るがないものにするために、何者かが隆公を抹殺したとしか考えられぬ」

「何者かが？　そちは後室さまの差し金とでも言いたいのか」

「そう考えてはいるが、他人に言ってはおらぬ」

「そもそも跡目相続の決定権は後室にあると掟に定められているのだ。波多家同族をまとめる重臣という立場にあるそちが、その掟を無視して一族の対立を招くようなことを言ってはならぬ。少しは自分の言動を慎め」

「これでも我慢しているつもりだ。もはや、決定したことに反論はせぬが、表を飾り、裏で策略を巡らす悪の巣窟《そうくつ》は許されぬ」

悪の巣窟――

青山と値賀を筆頭とする後室派集団のことであった。日高喜は津保子のことを「女狐《めぎつね》」、その津保子に媚びを売る青山と値賀の二人を「老狐《ろうこ》」と呼んでいた。

長い梅雨が終わって青空が夏の到来を告げていたある日、甚五郎は父から命じられて、伯父の直がいる日在城の館を訪れることになった。

時々、直は胸の痛みを訴えることがあった。獅子ヶ城の侍医の秀月斎《しゅうげつさい》は、それを「心の臓からの痛み」と診断していた。秀月斎は自分の館（現・唐津市相知町町切）に薬草園をもつほどの医学研究者で、内外から名医と評せられていた。

甚五郎はそこに立ち寄って薬草をもらってから、内蔵介ら二人の家臣と直の館を訪ねた。薬草を手渡してから直の娘の織江《おりえ》と双六《すごろく》をして遊んでいると、隣の部屋から筆頭家老の日高大和守の声が聞こえてきた。

「直公よ、いまだに藤童丸君はご入城されぬ。なぜであろうか……」

たしかに日高が言うように、決定から二年が過ぎていたから無理はなかった。

「それは有馬家の都合というよりも後室さまのご配慮であろう。藤童丸君ご入城後のことを考慮して、後室派で内部を固めた上でお迎えなされたいのだろう」

「こうなったのもわしのせいかもしれぬ。我が嫡子ながら喜は言うことを聞いてくれぬ。親としての力不足を感じておる……」

「いや、火に油を注ぐようなことばかり言う弟を説得できないわしにも責任がある」

「それにしても、金品で後室派を増やそうとする後室さまのやり方もよくない……」

と、日高はつぶやいた。

「しかし、幸いに藤童丸君を迎える方向で、ほぼ諸家の説得は成った。そのうち藤童丸君が新当主の座を襲職《しゅうしょく》されれば、反後室派もしだいに矛《ほこ》を収めていくであろう」

と、直は日高を励ました。

「ところで、そなたの病は大丈夫か？」

と、日高は案じる。

「うむ、薬草が効いているのか、胸の痛みも少しずつ収まってきた。だが、それはいいのだ。とにかく、あとは我らが力を合わせて新君をお守りしていこう」

と、直は答えた。

藤童丸が鬼子岳城に入ったのは弘治三年（一五五七）八月。反後室派による殺害を恐れた津保子は、八歳の藤童丸を家臣の馬場次郎右衛門におぶわせると、ひそかに間道《かんどう》から入城させた。城にも上らせず、三人の近侍《きんじ》と十人の侍女たちを厳選し、自分の館で育てさせる念の入れようであった。

藤童丸が鬼子岳城の新当主となってから、後室派、反後室派の対立も鳴りをひそめ、上松浦一帯も平穏な状況がつづいていたが、隣接する佐嘉表《さがおもて》は不穏な情勢にあった。佐嘉の龍造寺隆信が少弐冬尚《ふゆひさ》を自刃させたという情報が飛び込んできたのである。

もともと龍造寺氏は少弐氏の家臣であった。だが、時代は下剋上。隆信はその頃、反少弐派の小城の千葉胤連《たねつら》を味方に付け、胤連の義理の弟に当たる胤頼《たねより》を小城・晴気城に攻めた。胤頼は殺害されたが、そこにいた冬尚は勢福寺《せいふくじ》城まで逃げたものの、隆信は自刃させたのであった。

そして隆信は、それまで胤頼が持っていた晴気城（現・小城市小城町晴気）に千葉胤連を入城させ、小城一円を支配した。肉親の情愛を裂き、弱い者を蹴落とし、力で権力を奪おうとする隆信。甚五郎はその裏にある狡猾な手法を肌で知るのであった。

胤連は時々、獅子ヶ城に遊びに来ていた。かつて胤連の父の胤勝《たねかつ》は鶴田家の敵であったが、その父親から鶴田前《すすむ》の武勇を聞かされていたこともあって、鶴田前に心酔して、黒原（現・小城市小城町晴気黒原）の田畑を前に分け与えるほど親しくなっていた。

だが、義理の弟を殺したというのに胤連は優しい目をしていた。戦時は毒蛇の眼となり、平時は象の眼のように優しくなる人間の変貌を甚五郎は不思議に思った。そして、父の前の供をするうちに肥前諸家の動向もわかるようになった。すべて草鞋取りの仕事がもたらした眼力であった。

二

やがて甚五郎は草鞋取りの仕事を卒業したが、十九歳になった時、龍造寺家と有馬家の戦いに巻き込まれることになった。

甚五郎は養育係の渕上内蔵介と警護役の河原善太郎《かわはらぜんたろう》と一緒に、鬼子岳城へ上る鶴田前の供をした。獅子ヶ城から四里の道を下って鬼子岳城の麓に着き、少し坂を登って馬止めに着くと、前と甚五郎は馬を降り、大手門を経て二の丸まで徒歩で上った。

鬼子岳城は標高三百二十メートルの鬼子岳の山頂にあった。この城は九州屈指の山城で、東から松浦川、西からの徳須恵川《とくすえ》が合流する中間の要害に位置し、玄界灘に至る水運を支配する要所でもあった。

城郭は東西に長く、東に本丸、西に二の丸と三の丸を配し、城内には家臣の屋敷もあった。屋敷といっても家臣たちはいつもそこに住んでいたわけではなく、平時は山の麓に住み、戦時に城に集結するのである。南側の佐里村には旗本の屋敷があり、城下町として栄えている。

二の丸には大広間と控えの間があった。控えの間は草鞋取りや警護の家臣たちの待機の場所として利用されていたので、この日も重臣である主人の供の者たちが控えの間に集まっていた。

「では、控えておれ」

前はそう言い残すと、大広間へ入って行った。

「さあさあ、こちらへ」

甚五郎は内蔵介から小声で促されて板敷に坐る。そこから北を望むと、曲がりくねった松浦川が玄界灘に注いでいる。甚五郎は木々の間からわずかに見える海の景色が好きであった。

曇った日や雨の日などは視界がぼやけるため見えなかったが、この日は夜来の雨があがって抜けるような青空。洋々と緑の島々を浮かべた蒼い海の景色がひときわ鮮やかに見える。せせこましい山に囲まれた獅子ヶ城に比べて、浩然《こうぜん》の気を与えてくれる眺望《ちょうぼう》に心が晴れるのである。

いつも一刻ほどで引ける評定も、この日ばかりは軍議方針決定の重大局面とあって、一向に終わる気配がなかったが、夕方から夜にかけての景色は格別に美しかった。陽が真西にかかると水平線一帯が茜色に染まり、やがて月に照らされた波間に金銀の光が細かな線となって輝きはじめた。

内蔵介が言った。

「素晴らしゅうございますのう」

たしかに景色は素晴らしい。

だが、甚五郎の関心は海の向こうにあった。いつだったか父に連れられて平戸の浜に行った時、歌を唄いながら積み荷を載せる船乗りたちの姿を見てからというもの、甚五郎は海外交易の仕事に憧れるようになっていた。
周囲からは獅子ヶ城の後継者と嘱望されてはいたが、武将になる自信などまったく持ち合わせていなかった。地上で起こる醜い争いも海にはなく、見知らぬ外国を見聞できる楽しみもあったので、甚五郎は船乗りになることが願いであった。

ただ、その日の評定は深刻な軍議であった。

――筑後に逃れておられる政興《まさおき》公を勢福寺《せいふくじ》城（現・神埼市神埼町）へ復帰せしめて、少弐家を再興させたい。ともに龍造寺の息の根を止めようではないか

と、豊後《ぶんご》の大友宗麟《そうりん》から有馬義直が誘われたことが契機となり、有馬家が波多家に龍造寺征伐への派兵を要請してきた。有馬家のみならず、昔から波多家も鶴田家も大友家を盟主として仰いでいたから、これを断ることはできない状況にあった。
津保子は十四歳の藤童丸の後ろに坐って重臣たちの意見を聞いた。控えの間と大広間はわずかに板戸一枚で仕切られているため、甚五郎にも自然と重臣たちの会話が耳に入ってきた。

津保子は前に尋ねた。

「越前守よ、両軍が激突する場所をいずこと見る?」

「龍造寺は肥前の東、有馬は肥前の南と西に勢力を有しております。有馬軍が水軍を仕立てて六角川を北上すれば、小城一帯が主戦場となるでありましょう」

「ならば、我が上松浦の領地にも波及するであろうか?」

「思うに、後室さまの兄上の多久宗利《むねとし》公は有馬家に味方されるでありましょう。もし、その梶峰城が龍造寺軍に落ちれば、その勢いのままに龍造寺軍が我が獅子ヶ城へ攻め入ることも十分に考えられます」

と、前は絵図を広げて、多久から鶴田家の所領の瀬戸木場《せとこば》への進軍の展開予想を示した。

「では、梶峰城、獅子ヶ城が陥落すると、我が鬼子岳城も無事では済まされぬことになるな」

と、津保子は青ざめた顔をした。

「あくまで戦況しだいでござるが、十分に考えられまする……」

と、前は付け加えた。

「それは困る」

と、津保子はおびえる表情をした。

「たしかに波多家としては困ります。しかし、有馬方の多久に隣接している我が獅子ヶ城はもっと深刻でございます」

と、前は鬼子岳城のことしか考えていない津保子を牽制する。

「いかがしたらいいのじゃ……」

「結論を申し上げまする。ここは中立を構えるのが得策でござる」

「中立？　なぜだ」

「近年、龍造寺家の勢力が増大しております。常に大友家に与《くみ》するわけにもいかなくなりつつあります。そもそも大友宗麟殿が少弐政興公を立てられたのは、九州守護代としての体裁を、幕府に誇示なさりたいだけの話でございます」

「大友家は我らを利用しようとしているという意味か？」

「大友家は漁夫の利を狙っているのです。万が一、龍造寺軍が勝利することになれば、大友側に味方した報復として上松浦一帯が龍造寺隆信公の怒りを買うことになりかねませぬ」

「しかし、それでは有馬家に対して申し開きができぬ」

「無益な出兵をして波多家になんの得がござりましょう」

と、前が説得すると、

「皆の衆はいかが思う？」

と、津保子は周囲に振った。

直が言った。

「前が言うように、ここは静観がよろしいと思われます。どう考えても、この戦《いくさ》は我らにとって意味がありませぬ」

「藤童丸君のお立場もある。それでも静観したほうがよいというのか」

ここで前が訊いた。

「では、仮に出兵するとして、藤童丸君はいかがされますか？」

藤童丸は困った顔をして、後ろにいる津保子の顔を見たが、

「馬鹿なことを申すな。そのような危険な戦場に殿を送り込むわけにはいかぬ」

と、津保子が弁護した。

「そうでござりましょう。まだ藤童丸君は十四歳、武術の鍛錬も十分になさってはおられませぬ。しかし、総大将なき波多軍の士気は上がりませぬ」

ここで青山が訊いた。

「前公よ、そもそも両家の兵力はどうなのだ？」

「もし、大友家の本隊が動かねば有馬方の兵数は一万、龍造寺方を三千とみます」

それを聞いた津保子は一転して嗤《わら》った。

「一万？　では当然、勝つだろう」

「いや、たしかに兵力の差はござりますが、龍造寺軍は奇想天外な動きを見せることがあります。よって有馬軍が勝つとは言い切れませぬ」

と、前は首を振った。

しかし、津保子はしばらく考えてから、強気の断を下した。

「肥前の秩序を乱す、ならず者の龍造寺家を追い出さねばならぬ。ここは中立策はとらず、派兵を決める。ただし、藤童丸君は城に残られる」


龍造寺家はもともと北部九州一帯を治めていた古豪、少弐家の家臣であったが、龍造寺隆信がその主家を断絶させて以来、次々に佐嘉一円の城を陥落させていた。津保子が龍造寺家をならず者のように見なす根拠はそこにあった。

特に、津保子の印象に残っているのは、嫁いできたばかりの時に龍造寺軍から攻められたことであった。この時、龍造寺軍は小城の千葉軍と共に鶴田直の日在城を攻めた。結果的には相知・梶山の峯刑部左衛門《みねぎょうぶさえもん》の本陣奇襲によって、総大将の龍造寺盛家《もりいえ》を死に追いやることで撃退したが、日在城攻撃の前に鬼子岳城に押し寄せてきた時は、死を意識させられたことがあった。

その時、天然の要害の鬼子岳城であったから陥落こそしなかったものの、龍造寺家はお家断絶の危機に瀕《ひん》しながら、何度も不死鳥のように蘇っていた。そして、非情な武将として名を馳せている隆信が、いずれ上松浦に再侵攻してくることは目に見えている。

筆頭家老の日高資の声が聞こえてきた。

「では、波多家は有馬方に参陣する。なお、波多家の兵数、兵糧《ひょうろう》、軍馬については、明後日の評定に回したい」

この声を聞いて控えの間の家臣たちも一斉に席を立ち、それぞれの主人のもとへ駆け寄って行った。甚五郎も家臣の内蔵介と善太郎と一緒に、玄関に通じる大広間と控えの間の廊下に出た。

「待たせたの」

と、前はねぎらったが、どこか白けた顔をしていた。横に立つ伯父の直はいささか疲れた表情をしていた。心の臓を患っているので甚五郎は少し気になった。

二の丸の外は漆黒の闇に包まれていた。時折吹き付ける肌を刺すような寒風に、甚五郎は息を殺しながら坂道を下る。

「ここはお気を付けになって」

直を警護する家臣の二人は、松明《たいまつ》の灯りでそれぞれ直の前方と足元を、内蔵介と善太郎は前と甚五郎の足元を照らし、つづら折れの坂道を下ると馬止めまでたどりついた。

横から伯父の直が声をかける。

「少し疲れた。今宵は佐里の館に泊まることにする」

「わしも泊まる。寒うして身がもたぬわい」

鬼子岳城から直が住む日在城までは三里、鬼子岳城から獅子ヶ城までは四里。いずれも鬱蒼《うっそう》とした山道であったから、闇に乗じて後室派が襲撃してくるのを回避する理由もあった。

直と前の二人は、日在城の飛び地であった佐里の館を出て独立していたので、本家は三男の勝《すぐる》が継いで、母の芳《よし》を養っていた。ふだん田畑を育てていた勝も、有時に際しては村の若者たちをまとめて、鬼子岳城の南を固める役割を担っている。

勝はやんちゃな性格であったが、次男の前に劣らず武勇に秀でていた。一方、長男の直はたびたび臥《ふ》せることがあったが、武士としての作法と品格を備えていたので、波多家の忠臣として大友氏、龍造寺氏、宗像《むなかた》氏などからも一目置かれていた。

時折寒風が馬上の身を刺す中、直と前は松明をかざす四人の警護を従えながら、佐里に向かって小走りに轡《くつわ》を並べている。

直から声をかけられた。

「甚五郎よ、長い評定、待ちくたびれたであろう。なにをしておった?」

「海を眺めていました」

「海か……」

「あの向こうには、どういう国があるのでしょうか?」

「うむ、高麗《こうらい》や明《みん》、それに元という国もある。行ってみたいか?」

「はい」

「船に乗れば南のルソン（現・フィリピン）にもシャム（現・タイ）にも行ける。一度、自分の目で確かめてみればよい」

と、直は言うと、鬼子岳城はそれらの国々に最も近く、松浦党の有力者の中には玄界灘や東シナ海を渡って大陸と交易する者が大勢いることを説明した。

しかし、前が封じるように笑って言った。

「直兄、甚五郎は獅子ヶ城の砦主となる身。やっと草鞋取りを終えたばかりだ。変なことは吹き込むな」

「そんな体験もよいではないか」

「着く前に船酔いで死ぬ目に会うに決まっておるわい」

対馬《つしま》海流が流れ込み、大陸からの季節風が吹き込む玄界灘がとてつもない荒海であることは甚五郎も知っている。

だが、父を守るために夢を諦めているというのに、頭から否定されるとおもしろくない。むしろ、甚五郎には直の優しさが嬉しかった。

佐里の館に着くと、嘶《いなな》く馬の声を聞いて、驚いたように勝が飛び出してきた。

「なんじゃ、兄者たちか。敵が攻め寄せてきたかと驚いたぞ。来るなら来ると、前もって知らせておけ」

「それはすまぬ。母者の顔を拝みにきた。今宵は泊まる」

と、前が笑う。

「まことか。母者が喜ぶだろう」

と、勝は嬉しそうな顔をした。

館の中の土間に入ると、野菜と馬小屋の交じり合った匂いがしてきた。この匂いを嗅ぐたびに、甚五郎は幼い頃の思い出と相まって、気持ちが安らぐのである。

「お婆、来たぞ」

「まあ甚五郎ではないか。あらあら直《ただす》も前《すすむ》も」

祖母の芳が土間の奥から嬉しそうに走り寄ってきた。上がり框に坐って直と前が草鞋を脱ぐと、使用人の弥助が足桶を運んできた。

「寒い。勝よ、酒はあるか？」

と、足を洗いながら前が訊く。

「あるぞ。こんな日もあろうと思って『あらばしり』を準備しているぞ」

と、勝が自慢げに笑った。

あらばしりとは、米と麹、水、酵母を発酵させた粥状のもろみを分離する際、重石をかけずに自然にしぼり出す酒のことである。勝がつくる酒には濃厚で芳醇な風味があった。

「長い評定であったから、供の者たちも腹が減ったことだろう。なにか食わせてやってくれぬか。むろん酒もじゃ」

と、直は勝に頼んだ。甚五郎はそうした細かな配慮をする直のことを尊敬していた。

まず、甚五郎は二人の後ろに坐って仏間の伝の位牌の前に額ずく。

終わると、後ろから、

「今日は勝が川蟹《かわがに》を捕ってきた。飯が炊けるまで、それを肴《さかな》に呑んでいなされ」

と、芳が立ち上がって台所へ向かった。三人は川蟹を手でむしりながら、酒を酌み交わした。

前が言った。

「勝よ、このたびの戦い、波多家は有馬に回るようだ」

「有馬！」

と、勝は大きな目で前の顔を覗《のぞ》き込む。

「兄者たちも賛成したのか？」

「中立を提案したが、受け入れてもらえなかった」

「では、我らは有馬方に付くのか？」

と、勝が顔をしかめた。

直は少し心臓を押さえながら言った。

「有馬軍に付くと、龍造寺軍の反発を招き、朋友の千葉胤連公とも戦わねばならぬ。前が言ったように、ここは中立がよい」

「だが、それでは藤童丸君の命令に背くことになるな」

と、勝は不安な表情をした。

しかし、前はぐいと杯を干し上げて言う。

「それでも動かぬ方がいい。鶴田家は中立を貫く」

「後室さまの逆鱗《げきりん》にふれることになろうが、弁明はわたしがする。前は黙っていろ」

と、直が前に釘をさした。

「なぜだ?」

と、前が憮然《ぶぜん》とした顔をする。

「藤童丸君を迎えたとはいえ、まだ波多家には後室派と反後室派の対立の根が残っている。そなたが気炎を吐けば鶴田一族は反後室派と見なされ、痛くもない腹を探られることにもなる」

反後室派の日高喜、相知掃部助の下には波多津《はたづ》氏、黒川《くろがわ》氏、峯氏、石志《いしし》氏、山崎氏らがいた。一方、後室派の青山正と値賀長の下には馬場氏、久家《くが》氏、神田《こうだ》氏、それに八並《やつなみ》氏らがいた。

「藤童丸君を迎えたら壱岐を奪還する、と後室さまは仰せられたが、派遣される様子はない。これでも我慢しているつもりだ……」

と、前は口をとがらせてつぶやいた。

「日高公も相知公も同じように考えている。火種はまだ残っているのだ」

と、直は言った。

「それにしても、八並常陸介《ひたちのすけ》には困ったものだ」

と、ため息をついて勝がぼやいた。

八並常陸介は直と前の下にいる妹・千《せん》の婿であった。相知の庄の所領を相知掃部助と二分し、伊岐佐《いきさ》一帯を所領としていたが、相知が鶴田家を支持しているというのに八並は後室派に回っていた。

「鶴田家の身内であるというのに……」

と、前も顔をしかめた。

「それにしても千が不憫《ふびん》じゃ。律義そうに見えたから嫁がせたというに……」

と、芳は暗い顔をした。

しかし、直は八並のことを弁護する。

「たしかに常陸介は融通がきかぬ男だが、後室さまに忠実なのだ。鶴田家も主家を守らねばならぬ。常陸介のことを悪く思ってはならぬ」

直はあくまで内部の結束を訴えた。

「とにかく、ここは直兄の考えに従ってわしも動かぬ」

と、勝は答えた。

「明後日は評定があるが、わしは行かぬ。行けば、派兵を求められるからな」

と、前は話を打ち切った。

しかし、甚五郎は不安になった。

(もし、後室さまの命令に逆らうとどうなるだろう……)

甚五郎は、板戸の隙間から覗いた津保子の顔を思い出した。鋭い目をしていて、したたる血のような真っ赤な口紅を塗っていた。長い髪を背中まで垂らし、眉毛がなかった。不思議に思ってよく見ると、額の高いところに丸い眉が書かれていた。

(女狐に似ていた……)

その夜、三人は枕を並べて寝たが、甚五郎だけはなかなか眠りにつけなかった。

三

暑い陽射しが照りつける夏、甚五郎は薬草を持って直の館に出かけた。届け終わって獅子ヶ城に帰ろうとすると直が言った。

「今晩はここに泊まっていかぬか」

「なにかご用があれば、そういたします」

「明朝、後室さまの館に参上する。付いて来い」

「承知しました。お供をさせていただきます」

後室である津保子の館は、佐里の旗本屋敷の一段高い場所にあった。

「頼もう、鶴田直公のご訪問でございます」

と、直の家臣が玄関で到着を告げる。甚五郎は供の内蔵介に外で待つよう促すと、直の後ろに付いて玄関の土間に立った。

「少しお待ちくだされ」

と、近侍が対応に出た。

館の玄関の左右には、楠の大框でつくられた待合の座があった。甚五郎は直に促されて、そこに腰を下ろしながら周囲を見渡した。

甚五郎は時々、津保子の暮らしぶりについて交わしている侍女たちの雑談を耳にしている。噂によると津保子は神経質という。侍女たちが掃除をした後は、そこかしこを自ら手でなぞり、汚れがあると厳しい口調で咎《とが》めるというのである。

さすがに脇侍五人、侍女十人が仕えているだけあって、内部はきちんと整頓されていたが、あちこちの商人が持ち込む衣装や口紅や櫛《くし》、調度品を買い集めているという噂も耳にしていた。このところの飢饉で喘《あえ》ぐ村びとの生活とはかけ離れた津保子の暮らしぶりに驚いた。

どこからか高貴な香の匂いがしてきた。

「南の国の香だな……」

と、直はつぶやいた。

「どうぞ、お上がりになってお待ちください」

と、やがて侍女から座敷に案内された。

しばらく待っていると、薄緑の草木染の衣装をまとった津保子が姿を見せた。あの薄暗い鬼子岳城で板戸の隙間から垣間見た時は恐ろしい顔に見えたが、この日ばかりはそうでもない。ただ、目つきは鋭く、すでに五十に近いというのに、衰えた容貌を衣裳と化粧で隠しているかにみえる。

しかし、直に対しては好感をもっているのか、津保子は少し愛想を浮かべた。

「今日はなんのご用かな?」

「恐れながら、お許しを乞いにまいりました」

「はて、許しとは？」

「その前に、ここにいるのは甥の鶴田甚五郎にござります」

「鶴田甚五郎？」

甚五郎はお辞儀をした。

「鶴田前の嫡子にござります。なにとぞお見知りおきを……」

「ほう、越前守の……」

「獅子ヶ城の跡目を継ぐ者でございますれば、よしなにお願いいたします」

と、直も頭を下げた。

「いま、何歳じゃ？」

「十九にござります」

「十九か、藤童丸君とは五つちがいじゃの。これから波多家のために尽くしてほしい」

そう言うと、津保子は少し笑いを浮かべたまま、

「さて、許しとはなんのことか？」

と、向き直って直に訊いた。

「まことに申し訳ございませぬが、このたびの戦では我が鶴田家は波多家に参陣でき

ませぬ」

と、直は結論から伝えた。

すると、津保子は一転して鋭い目つきで言った。

「なぜじゃ！」

「佐嘉表の龍造寺隆信公から、龍造寺軍に味方するよう書状が頻繁に日在城、獅子ヶ城に届いております。有馬軍に付けば隆信公の怒りを買うことになります。獅子ヶ城も日在城も攻撃され、我が鶴田一族は根絶やしにされる恐れがございます」

「では、いかがいたすというのじゃ？」

「このたびは中立を貫くことにいたします。どうかお許しを……」

と、直は丁寧に頭を下げた。

「だから、越前守は龍造寺を恐れて中立を申していたのだな」

「いえ、それはまた別の話にございます。前が申し上げていたのは大家に翻弄されない大局観から起こったものでございます」

「しかし、鶴田軍の助成がなければ我が波多軍の兵力は半減する。また、こうしたことを許すならば家臣への示しもつかぬ。なんとか考え直してほしい」

「獅子ヶ城は波多家属城の中でも龍造寺氏に最も近い場所にあります。鶴田一族として幾度も話し合った結論であればご寛恕を賜りたい」

と、直は頭を下げた。

「わかった！」

と、津保子は不愉快そうに立ち上がると、くるりと背中を向けた。


翌日、甚五郎は日在城を出ると、そのまま内蔵介を伴って佐里の本家に出向いた。館は松浦川の支流、佐里川沿いにあった。館の裏から流れる沢が田畑を潤し、その田畑には冬になると鶴が飛来していた。

少し広い敷地の中央には藁葺《わらぶ》きの母屋があり、畑の間には別棟で軽卒《けいそつ》の屋敷や馬小屋が並んでいる。館の門前の道を北に向かえば鬼子岳城、南に行けば日在城である。

「頼もう！」

内蔵介が到着を告げてから土間に入ると、

「来たか。こっちへ来い」

と、勝が満面の笑みを浮かべて縁側に呼んだ。

勝は黒々と艶やかな髪をして眉毛も濃かった。顔立ちは前に似てはいるが、ちがうのは細身にある。毎日のように山野を駆け巡っては鳥や猪《いのしし》を求め、水にもぐっては川魚を狙うので足腰の筋力がすこぶる強く、武術にも秀でていたため、甚五郎は武術を学んでいた。

「このところ、そちにはなにも教えていなかった。今から再開する」

と、勝は笑って告げると、すぐに上半身裸になって庭に呼んだ。

「さあ、かかって来い」

と、両手を広げる。甚五郎も上半身を脱ぎ、勝にぶつかっていったが、押しても引いてもいなしても勝は倒れない。

逆に甚五郎は投げつけられた。

「まだまだ！」

と、しばらく組み合ううちに顔は真っ赤になり、身体から湯気が上がる。さらにひとしきり組み合ううちに、甚五郎はすっかり息が上がってしまった。

「次は剣術じゃ、ほれ！」

と、勝は木刀を渡した。

「どうぞ、もそっとお手柔らかに……」

と、あまりの荒さに内蔵介は眉間に皺《しわ》を寄せて言ったが、

「休んだら体力はつかぬ。さあ、来い」

と、だらりと木刀を下げて待った。

甚五郎が思い切り上段から打ち込むと、勝はそれを切り返す。こんどは左から斬り込んだが、それを跳ね返されると容赦なく右足を払われた。それでも立ち上がって木刀を振り回すうちに、甚五郎は全身泥まみれになった。

「少し疲れたな」

勝は庭の石の上にどっかと腰を下ろすと、

「それ、その泥を拭け」

と、手ぬぐいを渡した。

「少しずつ体力はついているようだが、これくらいで息が上がるようでは、甲冑《かっちゅう》をつけた時は身がもたぬ。まだまだ鍛錬を積まねばならぬ」

と言った。

甚五郎が汗をぬぐっていると、山鳥が目の前を「ケキョ」と一声を上げながら、飛んで行った。

「あれは？」

「うぐいすの子どもだ。そのうちにホーホケキョと鳴くようになるが、まだうまく鳴けないのだ。そちに似ているな」

と、勝は笑う。

「鳥はいい。自由に空を飛び回れる」

と、甚五郎がうらやましそうに言うと、

「人間が鳥なんぞに憧れてどうする」

と、勝は呆れたような顔をして笑った。

甚五郎は他人に聞かれまいと、内蔵介の様子を見た。剣術のたしなみがない内蔵介は、勝がしたようにだらりと木刀を下げて切り返す仕草をしていた。内蔵介には学才はあったが、剣術に関しては劣等感があって、勝のような武術派に憧れているようであった。

そんな内蔵介を横に見て、甚五郎は安心したように勝に語る。

「もともと、わたくしは武将の柄ではない気がするのです」

「向いていない？　どういう意味だ」

と、勝は笑いながら横の井戸に手ぬぐいを洗いに立った。

「書を読んでいるほうが性に合っているようです」

「馬鹿な。筆では敵を斬ることなどできぬ」

と、勝は井戸からもどると、

「では、なにをしたい？」

と、甚五郎の顔を覗《のぞ》き込んだ。

「学者になろうという気持ちはござりませぬが、交易の仕事がしたいのです」

「交易？　どこの国と？」

「明という国に行ってみたいのです」

「明は千里万里の海を越えて行かねばならぬほど遠いし波も荒い。いくら反吐《へど》を吐いてもたどりつかぬくらい遠い場所にある。それに、王直《おうちょく》公が処刑されてからというもの、いまは交易の仕事は厳しい」

「処刑だったのですか」

甚五郎は驚いた。

「明政府に捕えられて処刑された」

王直は明の海寇《かいこう》の首領、密貿易業者であった。任侠《にんきょう》の精神に富み知略があり、仲間と海船をつくり、海禁を犯して海上貿易に進出していた。平戸の松浦隆信に招かれて、倭寇《わこう》の頭目となり、明の禁制品を平戸に運んでいた。

「交易という仕事は密貿易になりやすいのだ」

「……」

「甚五郎よ、そんなことは考えるな。氏神がそちに宿したものは領地、領民を守らせる仕事なのだ。諦めて宿命を果たすのだ」

甚五郎はまだ元服していなかったが、髪を後ろで束ね、涼しい目と凛《りん》とした顔立ちに加え、伸びはじめていた背丈に家臣たちから将来を嘱望されていた。叔父の勝に習っていた木刀での剣術も真剣に変わっていた。

しかし、勝の話を聞いてからというもの、室町幕府と明政府の交易抑制策もあって、甚五郎の脳裏からは海外交易の夢は消えつつあった。

いつものように剣術を学んだ後、勝が訊いた。

「そちは『庭訓往来《ていきんおうらい》』や『四書五経《ししょごきょう》』を学んでいたな」

「はい」

『庭訓往来』の「庭訓」とは、『論語《ろんご》』季子篇《きしへん》の中にある孔子が庭を走る息子を呼び止め詩や礼を学ぶよう諭したという故事にちなみ、衣食住、職業、領国経営、建築、司法、職分、仏教、武具、教養、療養など、多岐にわたる一般常識を内容とする、父から子への教訓や家庭教育を意味している。

「往来」とは往復の手紙のことである。一年十二カ月の往信返信、各十二通と八月十三日の一通を加えた二十五通からなっている。『庭訓往来』は、武士や庶民の生活に必要な実用知識を収録した上で、寺子屋での習字や読本として使用されている初級教科書の一つであった。甚五郎はこれを内蔵介から学んでいた。

「わしも少しはかじっているが、大人の目線よりも、そちの話のほうが親しみやすいだろう。佐里村の子どもたちに塾を開いてほしい」

「わかりました。わたくしでよければ……」

と、甚五郎は答えた。

約束の日、勝の要請を受けて佐里の館に出向くと、子どもたちが三々五々集まってきた。上は十歳から下は八歳まで、十人ほどの子どもたちが座敷に集まった。

勝は甚五郎を紹介する。

「よいか、これからそなたたちに学問を教えることにする。これからの時代は書を読み、文字を書くことができねばならぬ。ここにいるのは鶴田甚五郎という師である。師のもとでしっかり修練してほしい」

開塾当日、甚五郎は『論語』の『為政《いせい》』の段を説いた。

「まず、わたしが読むから、みんなも大きな声で読むように」

「義を見てせざるは勇無きなり」

子どもたちが甚五郎に従って声を合わせた後に意味を説明する。

「義というのは自分がまちがいないと思うことに対しては、ためらうことなく、命をかけて戦うということだ。だが、いくら義の精神を学んでも戦うことには勇気が要る。その勇気には肉体的強さが不可欠である。よって剣を学ぶのだ」

そして「勇」の文字を紙に書かせた。

子どもたちの中には初めて筆を持った者が多く、なかなか要領を得ない。中にはふざけて年下の子どもの顔に墨をつけたり、けんかして泣き出したりする子もいる。

「甚五郎よ、そちには大変な仕事を頼んだな」

と、勝は申し訳なさから、塾が引けると野山や川に子どもたちを連れ出し、山鳥や川魚の捕獲法を教えるなど、しだいに協力してくれるようになった。こうして回を重ねるうちに、甚五郎と勝を中心として子どもたちとの間に温かい絆ができた。

ところが、書を読んでいた甚五郎の部屋に内蔵介が飛び込んできた。

「大変でございます。佐里の田代の館が火事でございます」

「火事？」

この急報に接して、甚五郎は前と共に手勢を率いて田代の館へ駆けつけた。すでに夜は白んでいたが、焼け落ちた屋敷からは焼煙がくすぶっていた。

田代は鶴田家の親族であった。その当主の田代進が、勝の横で無念の涙を流している。

「いったい、なぜ火事などになった」

と、前が訊くと、

「火矢が放たれました」

と、茫然と答えた。

「火矢？　やったのは何者ぞ？」

と、勝に訊いた。

「わからぬが、おそらくは後室派あたりであろう」

「後室派？　なぜ、そなたがこのような仕打ちを受けねばならぬ」

すると、田代進は鶴田一族の仲を裂こうと津保子から金品を贈られたこと、そしてそれを拒絶したことを説明した。

「わたしは恨まれていた。その報復かもしれぬ……」

田代は弱々しくつぶやいた。

ただ、甚五郎が一番悲しかったのは八歳になる豪《ごう》の火傷《やけど》であった。

「甚五郎兄……」

豪はわずかに焼け残った馬小屋の藁の上に寝かされ、痛々しい身体で涙を浮かべていた。豪もまた田代家の親族であったが、父親が早世したため田代進が母親と共に引き取り、自分の館に住まわせていた。豪は甚五郎が教える生徒の中でも素直で利発な子であった。

庭先に立って甚五郎は言った。

「父上よ、夜襲をかけて火を放つなど最も卑劣な行為。なにゆえ正しい者がここまでされなければなりませぬ。ましてや子どもたちにはなんの罪もない」

横から勝が言った。

「後室さまは、中立を決めた鶴田家を恨んでおられたという。それを知った後室派が手柄を立てようとやったのかもしれぬ……」

ここで甚五郎は決意を語った。

「わたくしはこの子たちに、義を貫くためには勇気が必要であることを説いてまいりました。わたくしには身をもってそれを証明する義務がございます。わたくしは龍造寺軍に入って義と勇気を証明します」

「それはならぬ。鶴田家は中立を貫かねばならぬ」

「鶴田家から出陣すると、直伯父にご迷惑をおかけすることになります。わたくしをしばらく千葉胤連公にお預けくださいませぬか？」

「胤連公に？」

「胤連公は龍造寺軍に付かれます。わたくしは晴気城から有馬軍と戦います。そうなれば後室さまから咎められることもないでしょう。豪の心の傷を癒やしてあげたいのです」

「……だが、そちが死ぬかもしれぬぞ」

「戦場で死ぬことは武士にとって本望、と父上はおっしゃっていた。あれは嘘だったのですか？」

前は甚五郎の真剣な目の色に固い信念を見た。

「……わかった。付いてまいれ」

即刻、三人は日在城に出向いた。

前が事情を説明すると、直は臥せっていた病床から言った。

「ならぬ堪忍をするのが本当の堪忍じゃ。そのうち藤童丸君の時代が来る。それを待とうではないか」

しかし、勝は言う。

「いや、わしも千葉胤連公にお願いをして、甚五郎の武術指南役として初陣を見届けさせてもらう」

「加勢はご無用でございます」

「加勢するのではない。そちの初陣を見届けに行くのだ」

と、勝は真顔で言うと直に向かった。

「直兄、ここは我ら二人、勝手に動いたことにせよ」

二人の強い気持ちに直はうなずいた。

「……わかった。それほど言うなら、やってみればいい。あとのことはわしが責任をとろう。ただし、前は獅子ヶ城の砦主。事が大きくなるので、そなただけは動いてはならぬ」

そして甚五郎の手をなでながら言った。

「生きて帰ってこいよ」

四

永禄六年（一五六三）七月、いよいよ有馬軍と龍造寺軍の戦いがはじまった。甚五郎は千葉家から龍造寺軍の一兵として参戦した。三月から多少の小競り合いはあったが、七月に入ると本格的な対決になった。

龍造寺隆信は一族の鍋島信房《なべしまのぶふさ》、鍋島信生《のぶなり》（のちの直茂）を初め、小城の千葉胤連、芦刈《あしかり》の鴨打《かもうち》氏、徳島氏、今川の持永《もちなが》、空閑《くが》、百崎《ももさき》、橋本らに挙兵を促すと西進し、小城郡高田《たかだ》村（現・小城市三日月町）に本営をかまえた。

一方の有馬軍は肥前の松丘《まつおか》城（現・鹿島市浜町）を本城として、横造《よこぞう》城（現・鹿島市中村字横沢）、鷲《わし》の巣《す》城（現・鹿島市高津原）、鳥附《とりふ》城（現・嬉野市塩田町鳥坂）の城砦に部将を配置した上で、下松浦の松浦、山代、伊万里、杵島郡《きしまぐん》の平井、白石、永田、藤津郡の嬉野、吉田、多久、さらに彼杵郡《そのぎぐん》の西郷、矢上、高来郡《たかぎぐん》の多比羅《たびら》、島原、千々石《ちぢわ》一族の協力を取り付け、本陣を杵島郡の大町村・横辺田《よこへた》に置いた。

前が予測したとおり、大友家は主力を残して数千の兵を送るにとどめたが、龍造寺軍三千に対して有馬軍は一万にふくらんだ。

龍造寺本陣の高田村と有馬軍本陣の大町村の距離は約五里。両軍は小城の丹坂峠《にさかとうげ》（現・小城市の西川から右原に到る峠）をはさんで東西に対決し、主戦場は小城一帯となった。

有馬軍は小城方面、牛津方面の二手に軍勢を分けて攻撃する戦略を立てていた。ところが、有馬軍の中から裏切り者が出て、島原弥七郎の兵船が有明海から柳津留《やなぎつる》（現・小城市牛津町砥川）の入江におびき寄せられた途端、牛尾山から合図の火の手が上がると、有馬軍の兵船は水際で龍造寺軍に取り囲まれてしまった。

次々に雨のような矢が射かけられる中で、船外に飛び降りた有馬兵は、有明海の泥に足をとられて矢の標的となり、有馬軍は兵船を送れなくなった。

兵の補給ができないことを知った佐留志《さるし》の前田志摩守、その嫡子の前田家定《いえさだ》は有馬方の佐留志代官・高場新右衛門を斬ると、家定は横辺田の土井、井元、田中らを味方に呼び込み、龍造寺軍に寝返った。

こうした裏切り行為に怒った有馬軍は、大橋を越えて砥川《とがわ》村へ正面突破を狙ったが、前田勢の反撃にあって破れなかったため、北側へ進んで両子山《ふたごさん》の北の由利岳に陣を構えて小城方面への攻撃に戦略を変えた。

しかし、龍造寺軍にとって小城方面の守備隊が破られれば、高田村の本陣が危ない。

龍造寺軍はなんとしても有馬勢の進撃を阻止すべく、丹坂口に江頭筑後守を中心として騎兵を集結させた。

こうして佐嘉、唐津の街道であった丹坂峠では両軍の激しい攻防がつづいたが、ついに龍造寺・小城連合軍は峠を越えて、丹坂峠の西にある右原へと有馬軍を追い詰めた。

一方、小城・晴気城の千葉胤連軍に入った甚五郎は、一本松峠を越えて高田の龍造寺本陣に打ち入ろうとする有馬方の本田純綱《すみつな》の軍勢と対峙《たいじ》した。ここでも有馬勢は正面突破を図ろうと、雄叫びを上げて槍で突進してきたが、甚五郎はその槍を剣で払うと素早く懐にもぐり込み、組み合って首を仕留めた。

「見事だ！」

と、勝から肩を叩かれた。

やがて各地で有馬軍は劣勢となり、総大将の有馬義直は藤津まで撤退した。三倍以上の兵力をもちながら大友軍はまさかの敗北を喫してしまった。

もし鶴田家が大友方に付いていれば、龍造寺隆信は多久の梶峰城を陥落させた勢いのまま獅子ヶ城を攻略する計画であったが、甚五郎と勝が参陣したことから、かろうじて難を免れたのであった。

だが、甚五郎にとっては初めて人を殺した体験であった。その血なまぐささ、家族と離れ異国の地で最期を遂げる悲しみを思うと、戦争の悲惨さを知った。

ところが、無事に獅子ヶ城に帰ってきたものの、それで甚五郎の仕事は終わらなかった。日在城に出向いていた時、直の近侍から呼ばれた。

「至急、お座敷に来るようにとの仰せでございます」

即座に向かうと、直の横に父の前と禅僧の快然《かいぜん》が控えていた。快然は相知・妙音寺の住持であった。白い髭をたくわえ、杖をもち、仙人のような風貌をしていた。直とは昵懇《じっこん》の間柄でもあったので、日在城によく出入りしている。

その快然から甚五郎は『四書五経』を学んでいたが、ふだんは優しい快然もどういうわけか、その日は真剣な顔つきで、伯父の直も父の前も笑顔ひとつ見せなかった。

（なにがあったのだろう）

と、不審に思いながら直の前に坐った。

直が言った。

「そちに頼みたいことがある。聞いてほしい」

「はい……」

「……堯《たかし》と一緒に龍造寺家の人質となってくれぬか」

いつも直は結論を先に述べる性格であったが、人質という言葉に甚五郎は驚いた。

「じつは、先般、獅子ヶ城に龍造寺隆信公の使者が書状を携えておいでになった。一応、戦は終わったが、隆信公には我が鶴田一族のことがまだ安心できないご様子のようで、証《あか》しとして、そちと堯の二人を人質に出すよう求められた」

「堯と……」

堯は自分よりも六つ年下の十三歳の弟である。

「その代わりに隆信公も人質を出されるというのだが、どうすべきか快然《かいぜん》和尚に相談をした結果、ここは隆信公の要請に従っておいたほうがよいと判断した」

と、直の説明を受けた。

こんどは前が言った。

「もとより、そちたちを質《しち》に出すことはわしの本意ではない。これまで兄者といろいろ口論もした。だが、それがそちたちの成長につながると和尚から説得を受けた」

と、告げると快然の顔を見た。

快然は口を開いた。

「甚五郎よ、そなたは一度教えたら絶対に忘れない利発な御仁《ごじん》であるが、ゆくゆくは獅子ヶ城の跡目を継がねばならぬ身。この機会に砲術を学びなされ」

「砲術？」

「すでに隆信公は多久の納所《のうそ》（現・多久市東多久）に、人質としてのそなたの住まいを定められている。納所には蒲原上総介《かもはらかずさのすけ》というわたしの知人がいる。そなたに鉄砲の使い方を教えてくれるよう蒲原公に頼んでいる」

と、快然は言った。

「人質として幾年逗留《とうりゅう》することになるかはわからぬが、この草深い地ではそちを成長させることはできぬ」

と、前は説明した。

「では、堯も一緒でござりますか？」

「いや、堯は佐嘉の龍造寺家に入ることになっておる。だが、堯にも剣術を習わせる。和尚の知り合いに神當流《しんとうりゅう》の原田一運《いちうん》というお方がおられるそうだ」

前の言葉を受けて、快然が言った。

「一運公はわたしの長年の友である。もと肥後の細川公に仕えていたが、都に出て剣術を極めた後に九州に下向し、いまは佐嘉に住んでいる。もう一つ、堯公には志田正《まさ》長《なが》公から八條流《はちじょうりゅう》の馬術を学んでいただくことにする」

前は言う。

「人質といえば聞こえは悪いが、そちたちが武術を学ぶ機会をいただくよう快然和尚が隆信公のご家老・鍋島信生公に頼んでくださっているから案じる必要はない。いかがじゃ？」

「……わかりました」

甚五郎は涙を堪《こら》えて答えた。

最後に直が言った。

「もう一つ伝えておきたいことがある。将来、そちにはわしの娘の織江を娶《めと》ってもらいたい。そのことはすでに織江にも伝えている。わしが言うのもなんだが、織江は器量も悪くないし、気立てもいい。いかがじゃ」

直の一人娘であった織江は甚五郎より五つ年下であったが、そうは思えぬほど利発で、思いやり深い女性であった。

「……織江さまがお望みであれば」

「そち自身はどうなのじゃ？」

「これまで考えたこともありませぬが、わたくしにはもったいないことです」

「そうか、では、その日が来るのを楽しみにしている。ともあれ、隆信公から呼ばれる日もそう遠くはあるまい。身支度《みじたく》を整えておけ」

と、直は言った。

しかし、有馬軍が龍造寺軍に敗れたことから後室派と反後室派の確執が再燃し、ここから波多家は混乱していった。まず、それは筆頭家老の日高資の毒殺にはじまった。

近侍が顔色を変えて鶴田前のもとに駆け込んできた。

「大変なことになりました。筆頭家老の日高資さまが急逝されました」

「いったいなにがあった！」

「毒殺らしいのです……」

「毒殺？　いつ、誰がなぜ殺《や》った！」

と、声を張り上げて畳みかけた。

「詳細はわかりませぬが、昨夜、日高公のご遺体が鬼子岳城から日高屋敷に運ばれてきたそうでございます」

「わかった！」

前は五人の家臣を引き連れて、日高屋敷に向かって馬を飛ばした。

屋敷に着くと、外まで香煙がただよっていた。中に入るとその匂いは一層濃くなり、座敷の中央には日高資の遺体が横たわっていた。苦悶《くもん》にゆがんでいた死に顔に無念の手を合わせて外へ出た前の横に日高喜がやって来た。

「いったい毒を盛った奴は何者ぞ？」

と、前は大声で訊いた。

「しっ！」

喜は自分の口の前に人差し指を立てると言った。

「いま、鬼子岳城から家臣が通夜に参っておられるので小声で話そう。とにかく、後室さまにご意見を申し上げに行った結果がこの結末となった」

「ご意見？」

「父は悩んでいた。波多家が有馬方に付いて敗北したことから家臣を失ったことを落胆していた」

「そうか……」

「後室さまは藤童丸君を強引に跡目とする一方、波多隆公の救出に援軍を送らず、それからまもなく起こった隆の弟の重が六人衆に射殺された時も援軍を認められなかった。そして、このたびの戦いでは負けた。おそらくいろいろ質したいことがあったにちがいない」

「それで？」

「とにかく、昨日の昼下がり、ひそかに家老の有浦公と一緒に後室さまの館に出向いたらしいのだ。そして、その夕刻に後室さまの館を訪ねた直後、夜になって遺体が運ばれてきた」

「つまり、後室さまの館で毒殺されたということか」

「昨日の夕刻、この館の近侍が後室さまの使者に応対してから、父が再度登城したと言っておるから、その折に館で毒殺されたことになる……」

と、喜は言った。

「では、有浦公はいかがなされている」

と、前は訊いた。

「今朝から行方がわからないらしい」

「わからぬ？　もしや有浦公も殺されたというのか！」

と、語気を強めた。

「いや、我が家臣に探らせると、どこかに身を隠しておられるようである」

「では、有浦公が日高公を毒殺して、身を隠したとも考えられる」

「ところが、そうではないようだ。遺体を運んできた者に吐かせようと刀を突きつけて尋ねると、鬼子岳城の近侍が毒を盛ったと答えたのだ」

「近侍が？」

「父から叱責されたことを恨んでいたらしい」

「家臣に優しかった筆頭家老が恨みを買うわけがない。ところで後室さまはいかがなさっている？」

と、前は周囲をうかがいながら訊いた。

「衝撃を受けて、いまは寝所《しんじょ》に臥せっておられるらしい」

「では、誰が殺ったかは、毒を盛ったその近侍に聞けばわかるではないか」

「ところが、その近侍を後室さまが家臣に命じて即座に斬らせたという」

「……うまくできているな」

「あの隆公の時と同じかもしれぬ。ただ、後室さまが殺ったという証拠がないのだ……」

と、喜は無念そうにつぶやいた。

「そうか……」

と、腕を組んで空を睨んだ。

一方、龍造寺家に人質として拘束されていた甚五郎は、この事件を書状で知った。

（あれほど波多家に忠節を尽くされていたのに……）

と、残念に思った。黒幕は後室であろうと考えた。

人質とはいえ、甚五郎は多久の納所で蒲原上総介の指導のもとに、弾薬の詰め方、銃の構え方、手入れの仕方などを習っていた。実践としては猟であったが、これは砲術の指揮官としての訓練であった。

そして、甚五郎は有馬軍撃退の戦功によって、人質から解放されることになった。弟の尭だけは人質として佐嘉に残されたままであったが、甚五郎は一年で獅子ヶ城に帰ることになった。

帰郷に際して、甚五郎は元服し、「刑部大輔《ぎょうぶだゆう》」という官途《かんと》をもらった。この頃の官途は朝廷からではなく豪族が勝手に与えていたので、たいした意味もなかったが、一応は名誉の肩書であった。そして名前を甚五郎から「賢《まさる》」と変えた。賢という名前は龍造寺隆信の嫡男・鎮賢《しげとも》(のちの政家)からの偏諱《へんき》であった。

ここから甚五郎は、

鶴田賢――

と、名乗ることになる。

獅子ヶ城にもどってくると、父の前《すすむ》と母の香《こう》は、鶴田一族や家臣たちを獅子ヶ城に集めて、人質からの解放と元服を祝うために小宴を開いてくれた。

母の香は茶碗を叩きながら唄い、勝や家臣たちは裾をまくって皿を鳴らしながら踊りまくった。人質に出される時、泣きの涙で見送った内蔵介も、前と酒を酌み交わしながら喜んでいるようであった。

それを眺める賢の前に、直が織江を伴ってやって来た。

「ご苦労であった。人質生活はつらくはなかったか」

と、直は目を細めて訊いた。

「つらくはありませんでした。むしろ、みっちりと砲術に磨きをかけることができました」

「そうか、よかった。和尚にも、蒲原公にも、鍋島信生公にも感謝せねばならぬ」

と、直は満足そうに言った。

「ところで、伯父上のお身体の調子はいかがでござりますか？」

「うむ、このとおり元気になった」

「それは重畳《ちょうじょう》でございます」

「しかし、そちが留守の時、いろいろなことがあった」

「筆頭家老さまが後室さまから毒殺されたらしいですね」

と、賢は小声で尋ねる。

「そう噂もあるが、その証拠はない。近侍の言葉もあてにはならぬし、胃の臓から出血することもある。想像でものを言ってはならぬ。それにしても、その前髪を上げた元服姿、なかなか凛々《りり》しいぞ。のう織江」

と、直は話題を変えた。

織江は少し暗い顔をしたが、

「ご無事の帰城、なによりでございました」

と、気持ちを切り換えて丁寧に頭を下げた。

「あとは織江との祝言《しゅうげん》を楽しみにしている。久しぶりじゃ。賢よ、久しぶりに織江になにか話をしてやってくれ」

と、直は言った。

宴を抜け出した賢と織江は外に出ると、秋の紅葉に彩られていた獅子ヶ城の小道を散策した。

織江は訊く。

「よくぞ人質になられました」

「伯父上と父上と快然和尚のことを信じたまでだ」

と、賢は笑みを浮かべた。

「ところで、時折は堯さまを訪ねて佐嘉にいらしたとか。わたくしは行ったことがござりませぬが、佐嘉という場所はどのような所なのでしょう?」

「佐嘉は海に面していて見渡すかぎり広い。あちこちにたくさんの市があるので、銭さえあれば欲しいものはなんでも手に入れられる。だが、少し暗い」

「暗い?」

と、織江は賢の顔を見つめる。

「いや、みんなの表情が暗い。いつ戦がはじまるかわからない不安を村びとは感じているようだ」

「さようでございますか」

「武士は領地や領民を守らねばならぬ。攻めてくる者があれば、それを防がねばならぬ。守るということは敵を殺さねばならないということだ。あんな生ぐさい血の臭いは二度と嗅ぎたくない。一日も早く平和な世の中になればいい……」

「わたくしも、そう願っています」

「そういえば、佐嘉表で驚いたことがあった。あの龍造寺家も国家安泰、領民の安全を願っておられることを知った。龍造寺家兼《いえかね》公がそのために法華経の一万巻の読誦《どくじゅ》をなされたという」

「法華経の一万巻?」

「うむ、六万九千三百八十四文字の法華経を一万回読んで祈願されたというのだ。むろん読誦は僧侶にさせられたのであろうが、家兼公もたびたび祈願に加わられたというのだ」

「家兼さまは少弐家を裏切り、資元さまを多久の梶峰城で自害させ、嫡子の冬尚公まで自刃させられた怖いお方と聞き及んでおりますが……」

「しかし、家兼公は龍造寺家同族の争いを経験されてきたという。生き残るために権謀術策を巡らし、親族をも相食む戦国の世の悲惨さを痛感して、法華経を読誦なさったにちがいあるまい」

「泣きながらも戦わねばならない宿命を人が背負っているとすれば、人間とは不思議なものでございます」

と、織江はつぶやいた。

「織江よ、いずれそなたはわたしと祝言《しゅうげん》をあげることになる。しかし、まだまだ戦はつづく。わたしはいつ戦場へ出向くことになるやもしれぬ。理想はあっても、この現実から免れることはできない。その覚悟はできておられるか？」

「父からもそのことはよく言い含められています。覚悟はいたしております」

「そうか、わかった」

その後、舞い散る紅葉の下で、二人は幼い頃の思い出を語り合った。

五

ところが数日が過ぎたある夜、信じられないような事件がふたたび起こった。

大きな足音を立てて内蔵介が飛び込んできた。

「ただ今、直公が何者かに襲撃されたという通報が早馬で……」

と、報告に来た。

「なに！」

賢は自分の血が全身から抜かれていく感じがした。

詳細がわからないために、即座に賢は前と日在城の館に駆けつけた。座敷の板戸を開けると、直の正室の房《ふさ》と娘の織江が直の遺体にすがって泣いていた。

「死んだのか……」

と、前はがっくりと坐り込んだ。

賢が直の顔にかぶせられた白布をとると死に顔は安らかであった。いまにも目を覚ましそうな気がしたが、顔をなでると冷たい。

「いったい、なにがあった……」

と、訊くと家老の種田豊後守が涙をぬぐって言った。

「申し訳ございませぬ。わたくしはすでに自分の屋敷に帰っておりました。急報を受けてお館に来ると、人事不省の状態でございました。すぐに医者を呼びましたが、左から右へ袈裟懸《けさが》けに斬られ、意識不明のまま……」

「義姉《あね》上、いったい兄者は鬼子岳城にいかなる用事があったのだ。まさか一人で行ったわけではあるまい。供は？」

と、前は房に畳みかけるように訊いた。

家老の種田が答えた。

「供の者は、溝上甚五郎、半田《はんだ》右衛門、水町五郎左衛門の三人でござりました」

「その三人は？」

「三人とも、お姿が見えぬのです」

「義姉上、なにか心当たりはござりませぬか。小さなことでもいい。よく考えて思い出してくだされ」

と、ふたたび前は房に訊いた。

房は涙をぬぐいながら言った。

「そう言えば、館を出る前に『今宵の月は美しいだろう』と申しておりました……」

「月？　月を眺めに鬼子岳城に上ったというのか？」

「わかりませぬ……」

「どこで斬られた？」

「それもわかりませぬ……」

房は首を振って涙をぬぐうばかりであった。

その時、家老の種田が言った。

「もし、鬼子岳城であれば、この傷の深さからして城にたどり着くことはできますまい。おそらくこの近辺での出来事ではありますまいか」

筆頭家老の毒殺とともに、事件はまたもや謎に包まれていた。

賢は勝と共に前から呼ばれた。仄暗《ほのぐら》い一室で三人は話し合った。

まず、勝は蒼白の顔面で言った。

「あの女狐《めぎつね》が日高公につづいて直兄を殺したにちがいない。このままではけっして済まさぬ」

しかし、前は静かに言った。

「勝よ、長幼の順でこれからはわしが鶴田家の長とならねばならぬ。そちは直兄に代わって日在城の砦主となれ」

「わかった。それはいいが直《ただ》ちに仇討ちに行こう。弔《とむら》い合戦をしようではないか」

「いや、それはできぬ。もし、ここで鬼子岳城に押しかけても勝ち目はない。有馬が駆けつければなおさら勝てぬ……」

と、前はつぶやいた。

「有馬が来るなら、こちらは龍造寺を呼べばいいではないか」

と、勝は言った。

「わしはこれまで直兄がいたから、言いたいことも言えたが、鶴田家を代表する立場になった今、軽々しく動くことはできぬ。負け戦はしたくないし、波多家と絶縁できるほど龍造寺家とも親しくはない」

若い頃は正論を吐いた鶴田前も年とともに慎重に物事を考えるようになっていた。

話し合いが終わって直のもとに行くと、織江の姿が見当たらない。周囲を見渡して外に出ると、織江は天に向かって手を合わせていた。

「なにをしている?」

「神に祈っております……」

と、答えた。

「神?」

「天国にお導きくださるよう、ゼウスさまに祈っております」

織江は首から十字架を下げていた。

「それは?」

「ロザリオでございます」

「そなたはゼウスを信じているのか……」

と、賢は驚いた。

「……それはいい。でも、案じる必要はない。必ず伯父上の無念を晴らして見せる」

ところが、織江は言った。

「もういいのです」

「もういい？」

「無念を晴らしたところで、父がもどってくるわけではございませぬ。神の御心のままにお委ねいたします」

「それでは気が済まぬ」

数日後、上松浦の諸家の砦主が参列する中、直の葬送の儀がしめやかに行われた。

それからというもの、賢は冥府《みょうふ》の鬼神のような目つきで剣術の稽古に励んだ。

そんな様子を見る織江はおびえるように言った。

「このところのあなたは怖いのです」

「怖い？」

「人が変わられたようでございます」

「……変わったかもしれぬが、直伯父の仇を討ちたいのだ」

「仇討ち？」

織江は賢の顔を覗き込んだ。

「わたしは幼い頃から母に連れられて、あちこちの神社に参詣した。だが、神は正しい者の味方をしない。この世には悪を止める神も、それを罰する神もいないことがわかった」

と、賢は蒼白の表情でつぶやいた。

「それはまちがいでございます。これは神の問題ではなく、人間の問題なのでございます」

と、織江は泣きながらなだめるが、

「いや、頼む者は己自身しかない」

と、首を振る。

「父の死は前世からの約束事だったのかもしれませぬ」

「前世？　そんなものは誰もあずかり知らぬことだ。まちがいないことは戦いの果てに死んでいくということだ。自分ひとりを恃《たの》み、敵と戦いながら生きていかねばならない現実があるだけなのだ」

賢の冷めた口調に、織江は言葉を失っていた。

しばらくして、賢は前から平戸の松浦隆信への書状を託された。隆信の館が近くなろうとしている時、道すがら奇妙な衣装をまとった一人の外国人に付いて歩く老若男女の一行と出会った。後ろに付いていく女に尋ねた。

「あのお方はどなたであろうか?」

「トーレス神父さまでございます」

「トーレス・し・ん・ぷ?」

「ゼウスさまの教えをお説きになる宣教師さまでございます」

「そのゼウスは、いかなることを教えられているのでございますか?」

「ちょうどいまからお説教がございます。一緒にまいりましょう」

と、半ば強引に手を引かれるままにたどり着いた場所は、農家の一室であった。部屋の正面には石で造られた大きな十字架が祀られていた。そこに集まった信徒たちが首から下げていた十字架の様子にも少し異様な感じがした。

トーレスは、神に祈りを捧げた後、片言の日本語で話をした。

「カミハ　ドンナヒトモ　ユルサレマス。イエズスサマハ　アイノココロヲ　オトキニナッテイマス。アイノココロガアルト、ジブンガスクワレルノデス」

しかし、賢は思った。

(己の欲のために人を謀殺するような非道を許すことが神の愛というならば、ゼウス

もまたこの世を混乱に突き落とす者ではないのか）

賢は翌朝、相知・妙音寺の堪然を訪ねた。

「直公との離別はわしも悲しい。だが、生は偶然、死は必然。快然と受け流す以外にはない」

「それはできませぬ」

と、答えると、

「直公はすでに死を覚悟しておられたのじゃ」

と、堪然は言った。

「死を覚悟？」

「そなたの伯父上はいつか殺されるかもしれぬと口にしておられた。だが、信念を貫くと仰せられていた。まことに腹が据わった御仁であった」

「死ねばなにも残らぬではありませぬか」

「それはちがう。まことの生は死を超える生き方にある。そなたも死を超えるのだ。武士たる者は死を恐れてはならぬ、喝《かつ》！」

と、数珠《じゅず》をもった太い拳を眼前に突きつけた。

たしかに、武士にとって死は生と隣り合わせである。その死を恐れることは迷いの証拠かもしれない。しかし、賢には正しい者を悪から守るのが神仏の役割という考えがあった。それを守らなかった神の心そのものに疑問を呈するのである。

無念の想いとともに堂々巡りの思考ばかりに覆われていた賢にとって、それを打ち消すものは剣術しかなかった。賢は佐里に出向いて勝と手合せをして汗を流した。

その佐里から城にもどると、日高甲斐守喜が前と話し合っていた。坐って礼をすると前が言った。

「筆頭家老には鴆毒《ちんどく》が使われたようだ」

「ちんどく?」

「先ほど、医者の秀月斎を呼んだところ、鴆毒の正体がわかった。なんでも五毒の鉱石を素焼きの壺に入れ、三日三晩かけて焼いて上がる白い煙を鴆という鳥の羽毛に燻《いぶ》し、それを酒に浸すことで発生する劇毒のことらしい」

いわゆる砒素《ひそ》の一種であった。

「わたしは我が娘の浪《なみ》を内偵のために後室の侍女として送り込んでいた。酒の中に鴆毒が盛られていたと、近侍たちが話し合っているのを耳にしたというのだ」

賢は言った。

「近侍の分際でそのようなものが手に入れられるわけがありませぬ。明と交易をしている有馬経由ならば手に入れられます」

「直ちに乗り込み、天誅《てんちゅう》を加えたい」

と、喜はつぶやいた。

しかし、横にいた香が止めた。

「喜公よ、それはお待ちなされ。後室さまが有馬家から毒薬を手に入れられたとしても、毒殺されたという証拠はありませぬ。知らぬと言われればそれまでのこと。そこへ飛び込んでいけば、ただの狼藉者《ろうぜきもの》になってしまいまする」

もともと、香は大河野山口村（現・伊万里市大川）にある荘山《そうざん》城主・山口鬼童丸《きどうまる》の妹であった。鬼童丸は「立川の戦い」で戦死していた。兄を失って悲しんでいた香を前は自分の妻に娶ったのであった。

香は気丈で正義感に富み、信仰心にも篤かった。あの日在城乗っ取り未遂事件で義弟の弘《ひろむ》を失った時も、

「その欲たれを治して、生まれ変わってきなされ！」

と、弔問客を後ろにして大声で位牌に文句を言ったことがあった。

鬼童丸の死後、前の弟の弘が荘山城主になっていたが、弘は直が死んでから日在城を継いだ兄の勝を落とそうとして日在城を攻めた。弟でありながら日在城の属城であることを不満に思って、後室派の家臣たちと日在城を攻撃し、最後に殺害されたのであった。

弘は前の一番下の弟であったが、藤童丸の小姓として仕えていた頃から津保子の寵愛を受けていた。香にとって、弘は兄の養子に当たっていたから、己の欲望から山口家を断絶させたことに香の怒りは収まらなかったのである。

（案外、直伯父の事件にも、弘叔父が絡んでいたのではないか……）

波多家の重臣に昇格する野望をもっていた弘を青山正が直の謀殺に関与させたのではないか、事件は荘山城の近くで起こったのではないかと疑惑がふくらんだ。

賢は子どもの頃、母の香の信仰心をそのまま染み込ませて素直に育ったが、毒殺、謀殺、裏切りなどおぞましい体験をするうちに、いつの間にか人間の裏を考える性格になっていた。

しかし、父の鶴田前は賢を現実に強い人間にさせようと草鞋取りからはじめさせたが、賢には純粋な心が汚されていく自覚もなかった。

六

永禄七年（一五六四）十二月、その日は朝からの雪が山々を白一色に覆っていた。田畑はぎっしりと雪で埋められ、獅子ヶ城の下にある池は凍りついていた。

賢は弟の豪海《ごうかい》と二人、獅子ヶ城の麓にある館で母の香の手伝いをしていた。氷を割って池の水を汲み、台所の母のもとに運んだり、田畑を耕したり、鳥や猪などの獲物を仕留めるのだが、そんな毎日に賢はどことなく満足できないでいた。

すでに鶴田家は、あの直の謀殺事件以来、波多家と決別していたが、賢には無念を晴らしたいという思いが込み上げてくるのである。

ある日、猟からもどると館には誰もいない。そこへ侍臣の松永右衛門が駆けつけてきた。

「殿がお帰りをお待ちでございます」

城に上ると、前から手招きされた。

「この歳末の二十九日、恒例の年末祭がある。この日は藤童丸を伴って後室さまが二の丸に出て来られることになっている。その機を狙って日高公が津保子に白状させるというのだ」

「白状?」

と、賢は訊いた。

「剣をもって、後室さまの犯した罪状を上松浦の諸家の前で暴《あば》くなら、諸家も後室さまのことを許すまい。その上で藤童丸君を津保子から切り離すと、先ほど喜公から緻密な計画を打ち明けられた」

「まさか、父上も?」

「直兄の仇討ちをしたい気持ちは山々だが、わしはすでに五十八の老いぼれ。弟の信助とわずかな家臣で決行するようである。あと十日後のことじゃ」

賢は言った。

「では、わたくしに行かせてください。伯父上がなぜ謀殺されなければならなかったのか、直接、後室さまの言葉を聞いてみたいのです」

「馬鹿なことを申すな。そちには織江がいる。そちが死ねば直兄に申し開きができぬ。ここはひとまず日高公に期待しよう」

と、前から止められた。

そして十二月二十九日。日高喜と弟の信助は、何食わぬ顔で歳末拝礼のために鬼子岳城に登城した。家臣たちは大広間で酒食のもてなしを受けながら、代わる代わる藤童丸に年末の拝礼を済ませつつあった。

そして日高家が藤童丸に拝礼する番になった時、忍ばせていた日高の手勢が城に火を放ってから大広間に集結した。その手勢から太刀を受け取ると、目と鼻の先にいた津保子に対して、

「そちに聞きたいことがある。尋常に答えよ！」

と、日高喜が告げた。

「兄者、斬ってはならぬぞ」

と、弟の信助が叫びながら津保子に迫った。しかし、蹴飛ばした膳の酒が信助の足を滑らせ、喜の足に激しくぶつかった。横倒しになった二人の間隙を突いて津保子が叫んだ。

「こ、この狼藉者！」

二人はすぐに立ち上がったが、すでに護衛の兵が津保子の前に立ちはだかっていた。信助は少し遅れたため、後ろから詰め寄る家臣たちに剣をかざした。

信助は叫んだ。

「藤童丸君を斬るつもりはない。専横《せんおう》をきわめる後室に白状させるだけだ。しばし耳を貸してあげよ！」

だが、後室派の家臣たちは津保子の前に立って刀をかざした。

「お逃げくだされ。ここはなんとかいたします」

津保子は侍女たちを促し、藤童丸の手を引いて奥の部屋に移ろうとした。だが、津保子は、

「待て、おまえは来るのじゃ」

と、強引に日高喜の娘である浪の袖をつかむと、鬼子岳城本丸の搦手口《からめてぐち》から脱出した。

藤童丸、侍女七人、人質一人の津保子たち十人は徳須恵川の葦の茂みにしばらくうずくまっていた。辺りは何事もなかったように静寂の闇に包まれていた。日高喜の娘だけが身体を振るわせながら泣いていた。

その様子を見て藤童丸は訊く。

「母上、なぜこのようなことになったのでございますか？」

「……そちが心配する必要はない」

「母上が筆頭家老の日高大和守を殺《あや》められたのですか？」

「あの者たちは謀反人《むほんにん》。謀反人の言うことを真に受けてはならぬ。母の言うことだけを信じればいい」

「でも、同じ家臣であるというのに、なぜこのようなことに……」

と、藤童丸も泣き出した。

「泣いてはなりませぬ。声を聞かれたら殺されます」

と、侍女の長からなだめられた。

一行十人は月の明かりに舟を見つけると、徳須恵川から松浦川に向かって漕ぎ出て唐津湾を迂回して玉島川に入った。行き先は鬼ヶ城の草野家であった。砦主の草野鎮《しず》永《なが》の正室である津保子の姉を頼ることにしたのであった。

きっと、姉たちが匿《かくま》ってくれよう——

玉島までは約三里。寒さに震えながら夜明け頃に草野の館へ到着した。

「いったい、なにがあったのです?」

「謀反です。日高兄弟から謀反を起こされたのです」

泣き崩れる義妹を哀れに思って、鎮永も藤童丸一行を匿うことにした。

一方、日高喜は一斉に後室派の家臣たちを下城させると、自分の手勢で鬼子岳城を固め、大手門を閉めた上で、ひそかに鶴田前のもとに馬を飛ばした。

「前公、取り逃がした場合のことまでは考えていなかった。その上、浪《なみ》まで連行されてしまった……」

と、喜は到着するなり無念そうに説明した。

「そうか、だが、過ぎたことは仕方がない。至急、上松浦の諸家にそなたの真意を伝える書状を送られよ」

と前は次の策を提言したが、

「前公、これからこの城をいかがすべきであろうか。わたしは重臣とはいえ、この鬼子岳城を守る力量がない。この城は重い。わたしには荷が重すぎる。前公が当主に収まりくださらぬか」

と、喜は衣服を調えて頭を下げた。

「当主？　それはできぬ」

「草野氏との談判、上松浦の諸家への説得は、前公を除いて誰もおられぬ。このとおりでござる」

と、喜は頭を下げた。

前はしばらく迷った。もし、当主不在のままであれば、いつ龍造寺の侵略を受けるかしれない。獅子ヶ城は龍造寺家と対立する前線にある。鬼子岳城攻撃の前に、獅子ヶ城が攻撃を受けることはまちがいなかった。

そこで、これを引き受けることにして家族を呼び寄せた。

「香よ、わしは鬼子岳城の当主となる」

しかし、香はあきれたような顔をした。

「なぜ、あなたさまが当主にならねばなりませぬ？」

「日高家との誼《よしみ》は祖父の時代からつづいている。父の時代には共に壱岐に派遣され、苦楽を分かち合ったこともあった。しかも、直兄は日高公とは仲がよかった。喜公にばかり苦労させ、わしが傍観しているのも心苦しい」

「その気持ちはわかりまする。なれど、あなたさまが当主となられると、それこそ謀反者の汚名を一身に浴びることになりましょう。当主などという言葉は使われぬほうがよろしい。当主はあくまで藤童丸君。藤童丸君をお迎えするまでになされませ」

しばらく沈黙がつづいた。

「わかった。では、執政《しっせい》ということにする。ただし、わしは獅子ヶ城の砦主。いつもこの城にいるわけにはいかぬ。喜公が執政代行として城を管理するのであれば引き受けてもよい」

「むろん、執政代行ぐらいなら務められまする」

しかし、香は二人の話に釘をさした。

「鬼子岳城の執政、あるいはその代行の座に就くということは、反後室派の代表として矢面に立つことを意味しておる。よって、お二人が心を一にしなければならない。私欲を捨て上松浦全体のために動く覚悟をおもちくだされ」

「その覚悟はしておりまする」

と、喜が約束すると、

「……では、わたしも覚悟を決めましょう。ただ、なられる以上は、鬼子岳城の家臣の皆さまを大切にしてくだされ。くれぐれも短気を出してはなりませぬぞ」

と、香は前《すすむ》に向き直って説得した。

そして、前は賢に言った。

「わしが鬼子岳城に上った時は、そなたがこの城を守るのだ。そなたにとっても正念場である」

「わかりました……」

「とにかく、できるだけ早いうちに草野家と交渉して、藤童丸君とそなたの娘御を引き渡してもらおう。そして後室さまを厳しく詮議した上で、日高公と兄の直の謀殺に関与した者たちに処分を下す。もう一つ、有浦公を家老として呼びもどす」

「有浦公？　ご家老は生きておられるのか！」

喜は目を丸くした。

「真名古《まなご》（現・富士町）に閑居《かんきょ》しておられることを突き止めた。我が身の安泰のみを図った情けない御仁ではあるが、有浦公がいなければ、家臣の手当ても年貢の管理もできぬ。通常どおり鬼子岳城を回していくためには、どうしても城にもどってもらわねばならぬ。事件の真相も聞かねばならぬからな」


小雪が舞い散る中、直ちに前と喜は真名古の草庵を訪ねた。賢も呼ばれて、侍大将の田久保甚五衛門と白水運五郎、大宝主馬佐《おおたからしゅまさ》の三人を率いて、馬で真名古へと山道を登って行った。

「そちたちは外を見張っておけ」

と、前は三人に命じた。

有浦は最初驚いた顔をしたが、居場所を突き止められてしまったことに観念して、静かに頭を下げた。

「そちたちには合わせる顔がござらぬ。すまぬ、このとおりでござる。むさ苦しいが……」

と、庵の中に案内した。有浦は囲炉裏に火を焚いたが、無精髭を伸ばし、粗末な服を着ていて、かつての姿からは想像もつかないほどやつれていた。

だが、間髪を入れずに日高喜が訊いた。

「父が殺された日、いったいなにがあったのか。正直にお答えいただけぬか」

と、喜が切り出した。

「わかった。もはや隠し立てする気もござらぬ……」

二人は有浦の説明を待った。

「あの日、わしは筆頭家老に誘われて、後室さまにご意見を申し上げるために館に参上した」

「なんの意見でござる？」

「これまでの後室さまの行動を質《ただ》すためであった。だが、問題はその後のことであった。そちたちの顔など見たくもない、今宵中に遠くに立ち去れ、さもなければ追っ手を差し向けると、ことのほかお怒りを受けた」

「それで？」

「我らは仕方なく屋敷にもどったが、しかし夕刻、館から使者が来て後室さまからの伝言をもってきた」

「どのような？」

「昼間のことは言いすぎたので詫びたい。至急、登城せよということであった」

「後室さまが呼び寄せたのですな？」

と、喜が訊くと有浦はうなずいた。

「しかし、わしはお断りしたのだ。さっき追っ手を差し向けるとまで言われたのに、あっさりとその怒りを覆されるはずがない、なにか魂胆があるにちがいないと思って、もう酒を飲んで酔っているので登城しては失礼になる、今日のところはご無礼をしたい、と伝えるよう頼んだ」

「そして」

と、喜は有浦を凝視した。

「筆頭家老がどう対応されたかは存じ上げぬが、翌朝になって日高公が亡くなられたことを聞いた。おそらく殺されたのではないかと考えた。そして次は自分の番ではないかと思うと、恐ろしくなってここに逃げ込んだのでござる……」

「なぜ、この地に？」

「我が家臣に相談すると、この真名古に親族がもっている庵があると案内された」

と説明し、

「だが、自分だけが助かったことをいつも後ろめたく思っていた。お許しくだされ」

と、ふたたび頭を下げた。涙を流す有浦の様子に偽りはないようであった。

ここで前が訊いた。

「では、誰が毒殺したかということまではわからぬということでござりますな」

「そこまでは存じ上げぬ」

と、有浦は涙を拭きながら首を振った。

「ところで、有浦公よ、後室さまから所領を没収されて以来、お手前の一族は難儀しておられると聞く。このままでよいとお思いか?」

「いや、このままでは一族郎党から恨まれるであろう」

「では、城におもどりくだされ。ご家老の所領はわたしが元どおりに安堵して差し上げましょう。お帰りになるつもりはござらぬか?」

有浦は目を上げた。

「それはまことでござるか。わしのような卑怯者でも許していただけるのならば、お役に立ちとうござる。かたじけない……」

と、ふたたび涙をこぼした。

有浦高は鬼子岳城に帰ってきた。そして、それまで後室派であった久家氏、保利氏、中村氏らの諸家に対して鶴田、日高の正当性を説き回った。一方、喜は鬼ヶ城の草野鎮永のもとを訪ねた。

「我らとしては藤童丸君に対してはなんの恨みも抱いておりませぬ。全員をこちらにお引き渡し願いたい。その上で後室さまの非を確認いたしたいのです」

だが、鎮永は反論する。

「みすみす我が妻の妹が咎められるのを黙認する者がどこにいよう。そもそも、そなたは主家に対して反旗を翻したのだ。奇襲は私憤から起こる謀反。応じることはできぬ」

「謀反を起こしたわけではござらぬ」

「だが、後室は主君とは一体不二の後見役。筋がとおらぬ」

話は平行線であった。

もともと鬼ヶ城の領主は草野長門守《ながとのかみ》永久《ながひさ》であったが、嫡子がいなかったため筑前高《たか》祖《す》城主・原田了栄《りょうえい》の三男種吉（種告ともいう）を後継の養子に迎えていた。この種吉が名を鎮永と改め、草野家の当主となっていた。

しかし、草野永久の時代までは松浦党の同族であったが、養子に入った鎮永には波多家を主家と仰ぐ意識はなかった。

その鎮永に、津保子は鬼子岳城奪還に力を貸してほしいと頼んだ。だが、鎮永にしてみれば、主家と見なしてもいない波多家の争いに巻き込まれる必要はない。

そこで津保子は、藤童丸の父・有馬義直に書状を送ったが、先の戦いで敗北していた有馬家は、龍造寺との境界にあった杵島郡、藤津郡の城砦を守ることで精いっぱいであった。津保子は孤立無援の状態にあった。


一方、草野家を説得できないでいた日高喜も善後策を練るために、一族の主だった者を鬼子岳城に集めた。賢も勝と共に鬼子岳城に出向いた。

日高喜は悩みあぐねていた。

「もはや、草野家はこちらの要請に応じるつもりはない。これを打開する何かよい知恵はないだろうか?」

「こちらには鬼ヶ城を攻めるだけの手勢はない。平戸の松浦隆信公に支援を依頼したいが、依然として飯盛《いいもり》城の攻撃に集中されているので、その余裕もなかろう」

と、勝も下を向く。

ここで賢に閃《ひらめ》きが走った。

「壱岐を奪還いたしましょう。これを上松浦の諸家が支持するなら、我らへの信頼も高まる。その上で、諸家を一致結束させて草野氏を説得するのです」

「壱岐！」

と、賢に視線が集まった。

「地頭六人衆には大した手勢も集められぬ。ここはひとつ賭けてみたいが、前公はいかが思われるか？」

と、喜は訊いた。

壱岐は六人衆に奪われて以来、津保子は奪還に動こうとしなかった。だが、漁業、交易の拠点であったから、上松浦の諸家にとっては垂涎の地であった。その大義名分を立てれば、ひいては上松浦の諸家を結束させることにつながる。賢はそう考えたのであった。

「だが、我らには信頼がない。誰か後押ししてくれる者がほしいのう」

と、前が言った。

「隆公と重公《しげし》の下に政公《まさし》がおられます。政公はいま壱岐の亀丘城にて、六人衆の傀儡《かいらい》になっておられるとか。政公を動かすことはできないでしょうか？」

と、賢は訊いた。


その日の深夜、日高喜はひそかに波多政の館を訪ねた。

「お久しぶりでございます」

と、喜は頭を下げた。政は長兄の隆が自害した時は十歳であった。しかし、すでに血気盛んというべき二十歳というのに、おとなしそうな顔つきをしている。

「このたびわたしは一致結束して壱岐の亀丘城を六人衆から奪還することになりました。壱岐は波多宗無《そうむ》公以来の要衝の地であります。実権をほしいままにしている六人衆を排除して、政公が自由に壱岐を支配できるようにして差し上げたいのです」

「奪還！」

「上松浦の諸家は、漁民たちに安心して漁や交易をさせたいと願っております。草葉の陰から波多家のご先祖も案じておられるはずです」

波多氏は鎌倉時代から壱岐に進出していた。郷の浦の武生水《むしょうず》村一帯を壱岐支配の根拠地と定めて以来、亀丘城を修築して島全体を掌中に収めてきた。玄界灘を縦横無尽に走り、魚貝を捕り、海外交易を行えたのも壱岐が食料や武器を補給する基地であったからである。

「それはわたくしも同感です。兄二人の無念を晴らしたい気持ちもあります……」

その表情に嘘はない、と喜は見た。

「では、政公のお力添えをいただきたい」

と、喜は頭を下げた。

「力？　わたくしには力などまったくございませぬ」

「いいえ、政公には上松浦の諸家に檄文《げきぶん》を書いていただくだけでよいのです」

「檄文？」

「案じられる必要はありませぬ。総大将はこの日高喜が務めます。政公は波多家ゆかりの家臣たちに結集の檄を送っていただくだけでよい。もし、壱岐を奪還できれば、政公は名実ともに壱岐城代。お父上の志摩守公、兄君の隆公、重公も草葉の陰からきっとお喜びになりましょう」

数日して返事があった。

――諾《だく》

即座に軍船が集結し、兵糧が積み込まれると、喜は集まった軍勢の前で、政の檄文を読み上げた。

――壱岐奪還は我が祖先の悲願である

永禄八年（一五六五）、平戸軍の援軍を確保した壱岐征伐軍はいっせいに攻撃を開始し、壱岐を共同分治していた六人衆から亀丘城を奪還し、波多政を駐留させることに成功した。

七

日高は意気揚々と鬼子岳城に帰ってきた。この成果によって上松浦の諸家の信頼が草野家との交渉に活かされる予定であったが、ここで有浦高が思わぬ行動に走った。

高は鶴田前が鬼子岳城に家老として呼びもどしてくれたことには感謝をしていたが、有浦一族から説得を受けていた。昔から有浦と鶴田家は波多家の分家家臣として肩を並べて、先祖代々にわたって鬼子岳城に勤仕してきた。だが、いまは鶴田家の下で動くことを余儀なくされている。

「このまま鶴田家の風下でいいのか？」

有浦一族から半ば責められるように質されると、高は藤童丸へ書状をしたためた。

「天地神明にかけて鎮君《しずむぎみ》に忠誠を誓います」

と、波多鎮への密書を家臣にもたせた。内容は、二人とも草野家を出て自分の館に移り住むように、ということであった。

すでに藤童丸は十五歳で元服し、大友義鎮《よししず》（宗麟）の一字をもらい、「鎮」と名乗っていた。草野家に居候の身となったまま、波多家の家臣からなんの祝いも受けられないでいることが有浦には不憫に思われた。

一方、津保子としては有浦の書状をにわかに信じることはできなかったが、まもなく一年を迎えようとしているのに、いつまでもこの状態でよいはずがないと考えた。

津保子は鎮に相談した。

「策略かもしれませぬが……」

「もし策略ならばどうなります？」

「鎮君の命は助かるとしても、おそらく母は殺されるかもしれませぬ」

「殺される？　母上と離れたら、わたくし一人ではなにもできませぬ。母上が殺されるのなら、わたくしも死にます。母上が有浦に賭けてみたいというのであれば、わたくしもそうします。母上に命を預けます」

と、鎮は言った。

「死を恐れぬ、と言われるのか？」

「はい」

ここで津保子の母性が刺激された。

「そうか。では、有浦の言葉が偽りであったとしても、そちだけは守ってみせる」

やがて津保子はひそかに草野家を出た。

「よく、おいでくださった」

有浦高は自分を信じ、危険な中に七里の道を旅してきた一行を温かく迎えた。

「ほんとうにそちを信じてよいのか？」

と、津保子は訊く。

「お約束をいたします。希望を捨てないでください」

と、有浦は励ます。

「すまぬ。このとおりじゃ……」

と、津保子は初めて頭を下げた。

日高喜と鶴田前が津保子の罪状を質そうとしていることは有浦高も知っていたが、有浦は母子を切り裂くことを不憫に思っていた。

鶴田に旧領を安堵させてもらった恩を感じる一方で、藤童丸にも同情した有浦は、ひそかに津保子と藤童丸を自分の館に匿った上で、鬼子岳城の家臣・小松民部《みぶ》や自分の一族と謀《はか》って、上松浦の諸家との談合を重ねた。

有浦は小松民部に鶴田前と日高喜を説得させた。小松民部は総論から説いた。

「波多と鶴田はもともと同族。いつまでも怨み合うべきではありませぬ。仮に後室さまに非があったとしても、後室さまあっての鎮君。お二人の仲を裂くことはできませぬ」

「二人の仲を裂くかどうかは、上松浦の諸家から毒殺、謀殺の真意を究明していただいてからのことである」

と、前も喜も前提条件を出すためになかなか折り合いがつかなかった。

この時期、龍造寺隆信は鶴田勝へ、鍋島信生は鶴田前へと、龍造寺家からしきりに鶴田家に書状が届けられるようになっていた。

「このところ、龍造寺家からたびたび書状が届く。ご機嫌伺いのような内容ばかりだが、そちはどう思う？」

と、前は賢に訊く。

「おそらく龍造寺隆信公はなにか策略を巡らしておられるにちがいありませぬ。小城・晴気城の千葉胤連《たねつら》公ならご存じかもしれませぬ」

「では、胤連公に会って龍造寺家の真意を探ってきてはくれぬか」

と、前は言った。

胤連の館は一本松峠を下った山の麓にあった。

「胤連公、ご無沙汰に打ち過ぎております」

と、挨拶をしてから賢が隆信の真意を質すと、胤連は真剣な顔で答えた。

「隆信公は波多鎮君のもとに上松浦の諸家を統一させようと考えられているようでござる。鎮君でなければ上松浦はまとまりますまい」

と、胤連は言った。

「もとより我が父は、兄の直の死を乗り越えて、藤童丸君を城におもどししたいと考えております。これは日高氏も同じでございます。ただ、日高氏はお父上の仇討ちの意思が強うございます。松浦氏も日高氏と同様の考えをもっております」

「だからこそ、両家と同盟関係にある鶴田家にそれを説得させようとしておられるのでしょう」

「説得……」

「まずは鎮君を鬼子岳城に復帰させ、波多家のもとに上松浦の諸家をまとめさせる。その上で龍造寺家が上松浦を支配するという筋書きを、隆信公は描いておられると思われます」

と、胤連は教えてくれた。

賢は帰途につきながら、はたと困ってしまった。

もし、隆信の意に反すれば人質に出している堯の命が危ない。しかも日高氏や相知氏、叔父の勝も波多家の傘下に入ることを受け入れる可能性はない。父の前はそうでもなかったが、勝だけは直を殺された激しい怨念を津保子に抱いている。

もはや鶴田一族も一枚岩ではなかった。田代因幡守進が波多家の所領を返上して、龍造寺家の家臣となった。

田代進は賢の祖父である伝の弟の運が養子に入った田代日向守の嫡子であったが、かつて佐里の館を焼き討ちされた恨みがあった。また、伊万里に近い波多領内の波多津にあった本家を引き払って龍造寺家に移る時、後室派から敵対行為と見なされ、嫡子の左京亮《さきょうのすけ》、弥三郎など数名を討死にさせられていた。

ところが、隆信はしだいに鶴田前や鶴田勝の態度に不審を感じるようになった。数々の書状を送ったにもかかわらず、波多鎮を鬼子岳城に復帰させようとしないので鶴田家に見切りをつけた。

そこに、藤童丸の後見人である津保子からの協力要請の密書が届いた。直接、波多鎮を動かせれば上松浦の統一の可能性は高い。そこで隆信は約束した。


——二千ばかりの軍勢ならいつでも差し向けてよい

この通知を受けて、津保子は城を追い出された恨みから、鬼子岳城奪還の照準を五年前と同じ大晦日に合わせてほしいと龍造寺に頼んだ。

一方、壱岐を奪還すれば鶴田家への求心力が高まり、ひいては諸家が結束して草野家に圧力をかけると信じていたにもかかわらず、まったく諸家が動こうとしないことに、賢は疑問を感じていた。

もちろん、そこには藤童丸親子共に鬼子岳城にもどすという有浦高の説得工作の力もはたらいていたが、もう一つの理由として、父の前が八並弥五郎を鬼子岳城に幽閉していることがわかった。

弥五郎は、あの後室派の八並常陸介の嫡子である。前の妹婿であった常陸介が病死すると、こんどは弥五郎が後室派に加わっていたのである。

弥五郎は賢の従弟であり性格も似ていたので個人的な恨みはなかったが、前とはなかなか相性が合わなかった。その弥五郎が、執政役に収まった前のことを批判したことから、前が幽閉《ゆうへい》したというのである。

賢は獅子ヶ城の管理に精いっぱいで、そのことを知らなかったが、噂は噂を呼び、反後室派の諸家からさえも誤解を招いていた。

「前公は、執政となって以来、横暴の振る舞いをされるようになった」

「高慢な前公に、後室さまを咎める資格はない」

そこで賢は前に確かめた。

「父上が弥五郎を幽閉されているというのは事実でございましょうか?」

「それは事実である」

「いったい、どこに幽閉されているのです?」

「鬼子岳城の石牢の中で謹慎させている」

「弥五郎は後室派の一員でございます。その弥五郎を幽閉されれば、後室派が怒るのも無理はありませぬ。そのために父上が横暴の振る舞いをしているという噂が流れているようです」

「あやつ、甥でありながら、わしのことを嘲笑しおった。常陸介が病死したので、妹の千《せん》の暮らしを案じて、鬼子岳城の勤侍《きんじ》を許したというのに、後室派に加わったばかりか、能なしのように嘲笑しおった。腹を立てずにいられるか！」

前は野太い声で説明した。

「……しかし、あの時は我らも仇討ちの気持ちだけが先走り、その後のことは考えておりませんでした。短慮《たんりょ》であったことはまちがいありませぬ。弥五郎が言っていることにも一理あります。幽閉を解いてやるべきです」

「ならぬ。心から謝罪しないかぎり絶対に許さぬ！」

と、前は断固として拒否した。

その二日後、賢が小用で鬼子岳城に出向いて前と話をしていると、織江がやって来た。

「織江、なんの用だ。こんな場所に来てはならぬ」

ところが、後ろには弥五郎の母・千がいた。千はずいぶんとやつれていた。

織江は前に言った。

「今日は、叔母上と一緒に弥五郎さまを訪ねてまいりました。叔母上のお気持ちをお聞きいただけませぬか」

千も両手をつき、涙を流しながら懇願した。

「前兄、弥五郎を出してあげてくださらぬか」

「ならぬ」

前は憮然として横を向くが、織江は悲しそうに言った。

「叔母上は食事も喉を通らぬほど悲しんでいらっしゃいます。わたしからもお願いいたします。どうか弥五郎さまを石牢から出してあげてくださいませ」

しかし前は言った。

「そちが出る幕ではない。仮にもわしは鬼子岳城の執政。家臣ならば命令に従うのが当然。主君を侮辱するとは言語道断！」

ここで織江は言った。

「では、伯父上に後室さまを批判する資格はござりませぬ」

「なにい！」

「ご自分の考えに反する者を力で抑えるのは、後室さまと同じやり方ではござりませぬか」

「それとこれとは意味がちがう」

「馬鹿な、一族であっても考え方にちがいはあるはず。なぜ、それが憎しみ合いになるのでございましょうか。弥五郎さまと胸襟《きょうきん》をひらいて語り合えば気持ちが通い合うはずでございます」

退かない織江の強さに賢は驚いた。

ここで賢はトーレス神父の言葉を思い出した。


ニクシミハ、アイノココロデシカ、ケスコトガデキナイノデス――


しばらく考え込んでいた前がついに言った。

「……わかった。弥五郎を解放する。だが、わしは後室さまとはちがう……」

その時、近侍が飛び込んできた。

「急報でございます。龍造寺の軍勢が鬼子岳城征伐のために、佐嘉を出発したと危急の連絡が入りました」

それを聞いて、前は立ち上がった。

「龍造寺、なぜだ。なにゆえ龍造寺から征伐されねばならぬ」

前も賢も、津保子が龍造寺隆信と結託しているとは知らなかった。しかし、賢は千葉胤連の言葉を思い出した。

隆信公は、波多鎮の下に上松浦を一本化しようとしておられる――

兵力からしても多勢に無勢。しかも弟の堯は龍造寺家に人質のままであった。だが、とにかく織江たちを城の外に出さなければならない。

「織江よ、ここは危ない。すぐに警護の者を付けるから叔母上と弥五郎と共にここを出よ。こっちへ来い」

と、賢は石牢へ案内した。

弥五郎は石牢の中で書状をしたためていた。

「弥五郎よ、すまなかった。叔母上がお迎えに来られた。すぐに安全な場所に移れ。まもなく龍造寺軍が攻めてくる」

賢は石牢の錠をはずした。

「なにが起こったのでございますか！」

「わからぬが、ここは危ない。ともかく、そちには叔母上のことを頼む。幸せにしてやってくれ。次に会う時には、そちとはもう仲たがいはしたくない。さらばだ」

「わかりました。ご無事で」

頭を下げる弥五郎のもとに、千が駆け寄って泣き崩れた。

賢はくるりと背中を向けて言った。

「織江、今日はそちの心に打たれた。いずれゆるりと話し合いたい。また会おう」

「どうぞ、ご無事で」

と、織江も泣きながら手を合わせた。


すぐに、賢は獅子ヶ城から五百の手勢を呼び寄せた。

前は言った。

「龍造寺軍は二千、こちらは一千。だが、平戸・松浦家に援軍を依頼している」

「援軍？　龍造寺軍と戦うつもりですか。佐嘉に人質になっている堯はいかがなります！」

「もし、我らが討死にしても堯は残る。血を分けた親子、兄弟さえも敵味方に分かれるのが、この戦国の世の常だ。仕方があるまい」

「いや、籠城《ろうじょう》がよろしゅうございます。籠城であれば積極的な敵対行為にはなりませぬ。いたずらに龍造寺家を刺激するのは得策ではありませぬ」

賢は前を説得したが、

「いいや、もはや援軍を頼んでいる」

と、日高喜が頑として受け入れなかった。

すでに松浦丹後守親《たんごのかみちかし》の居城・飯盛城攻めを終えていた松浦隆信は、嫡子の鎮信《しげのぶ》を軍船で支援させる約束をしていた。

しかし、その日はどしゃぶりの雨であった。

前は喜と戦略を練っていた。

「問題は、この雨がいつまで降るかということだな」

「前公、案じられる必要はない。天は我らに味方している。平戸軍の到着の時間稼ぎの雨でござるよ」

と、喜は余裕で笑った。

そして伝令を呼んだ。

「いま、龍造寺軍はどこまで来ている」

「小城の近辺という報告を受けています」

「小城か、近いな。だが、この雨では明け方の戦いになろう」

ところが、深夜になっても平戸軍は来なかった。

「いったい、なにをしているというのだ」

喜は苛立っていた。

しかし、明け方になると雨足は一層強まり、大木がしなるほどの強風が吹き荒れるようになった。

伝令に確認すると、

「軍船数十艘、星賀浦《ほしかうら》の沖合にとどまったままでございます」

と、松浦鎮信たちが波の静まるのを待っていることを報告した。

喜が言った。

「これくらいの風雨で上陸できぬことはあるまいに……」

一方、すでに三の丸、二の丸、大手門と守備体制は整い、前は本丸にあって床几《しょうぎ》に腰掛けながら、じっと前方一点を見つめていた。ところが、後方からパチパチと音がしはじめた。龍造寺軍が火矢を放ったのであった。

「おのれ、虚を突いたか!」

前はすぐに家臣たちを本丸に集結させたが、その猛火に家臣たちは戦意を喪失してしまった。しかも次々に侵入してくる敵に、収拾がつかないほど自軍の兵は乱れた。

「大手門が破られました」

「龍造寺軍が各所に火をつけました」

「敵兵が城内になだれ込んできました」

と、伝令が報告に飛び込んできた。

火は玄界灘から吹き付ける猛風にあおられ、瞬く間に天を焦がすほどになった。火炎は本丸に移り、焼ける材木の臭いと煙で周囲が見えない。

「いかがいたそうか?」

と、日高喜は青ざめた顔で訊く。

「無念だが、ここを捨て獅子ヶ城に立て籠もる以外にない。そなたも来られよ」

と、前は日高喜に勧めた。

「いや、わたしは壱岐に行く」

「壱岐? この天候では海は怒濤のように荒れていよう」

「荒海は慣れておる。政公《まさし》を説得して壱岐の軍勢をまとめ、平戸からの援軍も得て、捲土重来《けんどちょうらい》の策を練る」

「……そうか、ではここで別れよう。また他日を期そう!」

「前公の武運を祈る！」

と、喜は背を向けた。

一方、賢は獅子ヶ城の軍団を引き連れると、前を警護しながら搦手口に回って猛炎をくぐり抜けてから城外へと脱出した。間道を経て獅子ヶ城に入ると、集結していた家臣たちのもとにたどり着いた。

直ちに賢は、

「この城に籠城する」

と、宣言して兵糧の確認をした。

こうして永禄十二年（一五六九）十二月大晦日。ついに鬼子岳城は龍造寺軍の手に落ちてしまった。龍造寺軍はそのまま獅子ヶ城へと攻め寄せてきたが、屹立《きつりつ》した断崖に囲まれている獅子ヶ城を落とすことはできず、そのまま軍を佐嘉に引き上げた。

翌月、日高喜が奇襲によって亀丘城を奪い取ったという報が届いた。先の戦いで波多政を城代に立てたものの、政は日高の要請に応じなかった。そこで喜は政を斬ったというのである。

八

賢は二十六歳になっていたが、仇討ち後に祝言を挙げようと考えていた。だが、時代は仇討ちなどという感傷に支配される流れではなかった。鬼子岳城内部の対立さえ井の中の蛙の争いにすぎず、川上からは九州制覇という大家の大きなうねりが襲ってきつつあった。

鬼子岳城が龍造寺軍の手に落ちてから四カ月が経った頃、豊後の大友宗麟からの参戦依頼状が獅子ヶ城に届けられた。大友家はすでに鶴田家が龍造寺隆信の調略を受けていたことを察知していたが、獅子ヶ城が龍造寺軍から攻撃された報に接して、自分の陣営に呼び込もうとしたのである。

「大友宗麟殿は、龍造寺家を殲滅《せんめつ》する加勢をしてほしいと仰せられていますが、父上はいかがなされます？」

と、賢は前に訊いた。

六月、大友宗麟から鶴田家に具体的な作戦指示の書状が届いた。

――多久の小田鎮光が佐嘉に進軍するので、空き城になる梶峰城の要害を裏面から支えよ

しかし、すでに前は六十二歳となり、白髪が増え腰も曲がってきていたので自らは出兵せず、賢に命じた。

「大友側から参陣の要請に応じれば龍造寺家の怒りを買うであろう。だが、このたびの戦いは大友軍が勝つ公算が高い。よって表面的には大友方に付くことにして、そなたは小城の丹坂近くの一本松峠に兵を率いて待機しておれ」

「場合によっては、寝返るということですか？」

「戦況しだいではそれもある。堯がまだ龍造寺の人質として佐嘉にいるのだ」

前は堯のことを案じ、ひそかに龍造寺氏、鍋島氏、千葉氏とも連絡を取った。生き延びるための苦肉の策ではあったが、大友軍の作戦は龍造寺氏に筒抜けであった。

大友軍が龍造寺征伐に立ち上がったのは、元亀元年（一五七〇）の春からであった。九州でも最大の大名である大友宗麟は、室町幕府第十三代将軍・足利義輝《よしてる》に鉄砲や火薬調合書を献上するなど、将軍家との関係強化に血道をあげ、それが功を奏して永

禄二年（一五五九）に軍事機関である「九州探題《たんだい》」に補任され、九州の大名諸家を統制する権限を与えられていた。

その勢力は同盟国も含んで豊後、豊前中部、南部、筑後、筑前、肥前、肥後北部南部、日向《ひゅうが》北部に及び、軽く百万石以上はあった。だが、龍造寺隆信は筑後川近隣の肥前の諸城を攻略していた。

もし、龍造寺隆信が筑後川を越えて大友領内に攻め入ることがあれば、支配している筑前の諸城との連絡路もおぼつかないものになる。そこで宗麟は思い切った行動に出た。

自ら久留米の高良山《こうらさん》に陣取ると、肥前の江上氏・小田氏・高木氏らの豪族を集め、自軍の豊後の将の戸次鑑連《べっきあきつら》、臼杵鑑速《うすきあきずみ》、吉弘鑑理《よしひろあきまさ》ら三万の大軍を動員する一方、島原の有馬水軍には筑後川から有明海の海上を封鎖させ、東と南から龍造寺領内に攻め込ませる策をとった。

一方の龍造寺軍は自分の娘婿であった梶峰城主の小田鎮光《しずみつ》からさえも反旗を翻される始末で、援軍の見込みはあまりなかった。小田鎮光は蓮池《はすいけ》城の城主であった父を見殺しにされ、多久に転封されていたことを恨んでいたのである。

佐嘉の山野を覆い尽くすほどの軍勢にふくらみ、龍造寺の佐嘉城（のちの佐賀城）を四方八方から囲んだ大友軍の戦容の前に、九死に一生の決戦を迎えることになった隆信と鍋島信生は、自分たちの妻子を芦刈の鴨打胤忠《たねただ》と徳島長房に預けると籠城戦を開始した。

しかし、春が過ぎ、夏も終わろうとしているのに、佐嘉城を陥落させることはできなかった。一向に勝報が届かないことに宗麟は業を煮やした。そこで八月に入ってから弟の大友親貞《ちかさだ》に三千の兵をつけ、佐嘉城の北に位置する今山《いまやま》（現・佐賀市大和町）に布陣させた。親貞は八月二十日をもって佐嘉城に総攻撃を開始することを決定した。

しかし、その前日の夕刻、親貞は兵卒の士気を上げようと宴を開くことにした。この酒宴によって大友勢は油断してしまった。

――大友方の総攻撃は明日の未明のようです。それを前に今宵は酒宴をはじめるようでございます

と、間諜《かんちょう》の通報を受けた龍造寺陣営は乾坤一擲《けんこんいってき》の勝負に出た。それまで龍造寺陣営では降伏論が飛び交い、隆信や鍋島信生らは大友に降伏しようと考えていたが、慶誾《けいぎん》尼《に》が隆信らの前に現れて嗤《わら》った。

「なんじゃ、お手前らは。まるで猫に恐れている鼠のように！」

隆信はこれに反論した。

「母上、佐嘉城はすでに大友宗麟の大軍に包囲されているのだ。籠城、餓死を覚悟せねばならぬ事態になっている」

「なにをそんな弱気になっている。そんなもの、やってみなければわからぬではないか。兵糧攻めにあって、城で死ぬくらいなら潔く戦場で討死にしたほうがよい。信生、そちが夜討ちをかけてみよ」

と、慶誾尼は軽く言った。

慶誾尼は村中龍造寺家の当主であった龍造寺胤和《たねかず》の娘で、龍造寺周家《かねいえ》の正室であった。周家との間に嫡男の龍造寺隆信を生んでいたが、龍造寺家が少弐家に仕えていた頃、少弐家の重臣・馬場頼周《よりちか》の謀略によって夫の周家を殺されていた。

しかし、四十七歳で押しかける形で龍造寺氏の家臣・鍋島清房の継室として嫁いできて鍋島信生の継母となっていた。さすがの隆信も信生も慶誾尼にだけは頭が上がらなかった。

そこで信生は言った。

「殿、ではやってみましょう」

八月十九日の深夜、こうして鍋島信生は「今山」の敵本陣の背後に兵を伏せると、

――裏切り者が出たぞ

と、虚報を流しながら、親貞の本陣に鉄砲を撃ちかけた。

ここで酒に酔っていた大友軍は狼狽《ろうばい》し、闇の中で同士討ちをはじめた。信生はその間隙を突き、奇襲部隊五百人に本陣目がけて一直線に襲撃させた。そして、総大将の親貞の首を討ち取ると、大友軍から完全に戦意を奪った。

やがて十月に入ってから、将軍・足利義昭が使者を送って大友、龍造寺に和睦を勧めると、戦いは波が引いたように中止され、大友軍はそそくさと豊前に帰ってしまった。


小城の一本松峠で戦況を見守っていた鶴田軍もそのまま引き揚げた。

しばらくして、日在城の勝が獅子ヶ城にやって来た。

「いまでも、あの大友の大軍が敗れたとは信じられぬ。戦いは終わってみなければわからぬな」

と、勝が言った。

しかし、賢には理解できないものがあった。

「この和睦、わたしにはなにか匂うものがあります」

「匂う？」

「将軍家が和睦を勧めたとはいえ、勝利した龍造寺家が、なにゆえ大友家に対して人質を差し出す必要がありましょうか。人質は負けた側が差し出すものではござりませぬか」

隆信の弟・信周《のぶちか》が大友家へ人質に出されていた。

「……それはそうだな」

と、勝がうなずく。

「これは茶番劇にすぎませぬ。形式的に龍造寺家に人質を出させることで、大友家は面目を保った。一方の龍造寺家は肥前における地位を大友家に認めさせた。双方にとって好都合な筋書きが交わされたと思われます」

「なにゆえ大友家が妥協しなければならぬ？」

と、勝は怪訝《けげん》な顔をした。

「大友宗麟殿としては、周防《すおう》の毛利家との一大決戦に備えなければならない。ここで兵を削減することは無意味になります」

「そうか、大友にとって宿敵の毛利軍が筑前を攻略すると厄介なことになるからな……。それにしても、そなたは鋭い読みをするようになったな」

と、勝は感心した。

「草鞋取りの成果であろう」

と、前は笑った。

しかし、賢には城や家臣を守る責任があった。小家として大家の思惑にどう対応していけばいいのか知略が見つからなかった。

この戦が終わってから、龍造寺隆信は大友方に味方した佐嘉の諸家の征伐に立ち上がった。佐嘉表では武士のみならず農民同士の憎悪や対立、暴行や陵辱《りょうじょく》に発展していたのであった。

ここで賢は獅子ヶ城の夜空を仰ぎながら、『書経』の「燎原《りょうげん》の火」の一節を思い出した。

『火の原を燎《も》やすが若《ごと》きは郷邇《きょうじ》すべからず、其《そ》れ猶《なお》、撲滅《ぼくめつ》すべけんや』

原野に燃え広がる火を叩き消すことはむずかしい。しかし、その火は誰かが最初につけたはずなのである。たった一人の利害得失の感情に起こった火が周囲に移り、勝利した者と敗北した者の境界線にも広がっていく。

そして、もはや対立していた領主同士のみならず、勝利した側の領民と敗北した側の領民の間にまで波及し、罪もない老人や子どもたちにまで屈辱が広がっていく。

どこかに欲深い侵略者がいて攻め寄せるのであれば、それを守るのは当然かもしれないが、戦は人間を狂わせるのである。守るという行為ですら、時として奸計《かんけい》となり、密告となり、虐殺となる。人間は単純に勝ち負けだけを考えるが、その裏に無数の悲しみやおぞましさがあることを知らない。

これまで賢は無数の戦いの中に、どうしようもない人間の業を感じるようになっていたが、その一方で、津保子への憎らしさを消せない矛盾を抱えていた。

そんなある日、賢は織江から尋ねられたことがあった。

「あなたは、まだ父上の無念を晴らそうと考えておられるのですか？」

「そうしたいところだが、まだできぬ」

「では、もうおやめくださいませ……」

「やめる？　そなたは父の仇を討とうとは思わないのか？」

「思ったこともなければ、そのようにお願いをしたこともございませぬ」

と、答えた。

「……それはそうだが」

「父上も自分のための仇討ちより、あなたのご無事だけを願っていると思います。それはわたくしの願いでもございます」

ここで賢はふと気づくのであった。

（わたしは戦いに追われ、織江の気持ちを考えることはなかった……）

そこで賢は言った。

「織江よ、ここらで祝言を挙げよう」

しかし、織江は悲しそうに涙を浮かべた。

「そのお気持ちは嬉しゅうございます。でも、一緒にはなれませぬ」

「一緒になれぬ？」

「あなたに仇を討つというお気持ちがあるのであれば、一緒にはなれませぬ」

「そんなに仇討ちが嫌か？」

「怨みは怨みを招き、不安と恐怖の中で生きていかねばなりませぬ。わたくしは平穏に生きたいのです……」

と、最後は言葉にならない涙声を漏らした。たしかに仇討ちをしたところで直がもどってくるわけではない。むしろ、憎しみの炎が自分の心まで燃やすような気がした。

「……わかった。もう仇討ちのことなどは考えぬ」

と、賢は織江の肩を抱いた。

二人が祝言を挙げることを前に伝えると、前は快く同意した。織江の母の房も涙を流して喜んでくれた。こうして二人はめでたく祝言を挙げた。賢二十六歳、織江は二十一歳になっていた。

九

織江を迎えてから二年。二人は獅子ヶ城の麓にある父の館に同居していたが、やがて男児が生まれた。織江は子どもを育てながら家を守っていた。

しかし、大友宗麟による第二次龍造寺征伐が終わってから弟の堯が帰ってきた。堯は龍造寺家の人質になっていたが、原田一運のもとで神當流を学んだせいか、まだ二十二歳の若さというのに、どっしりと落ち着き払っていた。

「よくぞ無事に帰ってきた……」

賢は胸が熱くなり、織江も涙をこぼしていた。ところが堯は涙も笑顔も見せなかった。そして開口一番に意外なことを言った。

「父上、わたしは隆信公の逆鱗にふれて帰されたのでございます」

「逆鱗？」

「父上はこのたびの戦いでは龍造寺家に味方をされなかった。あの丹坂の戦い以来、鶴田家と龍造寺家には八年にわたる協力関係が築かれていましたが、このたびの戦いで鶴田家が曖昧な態度を示したことから、隆信公は鶴田家に武力行使をお考えになって、わたしを帰されたのです」

「……そうか」

「なぜ、先の大戦において父上は龍造寺家に味方をされなかった？」

と、堯は不満げに訊いた。

「隆信公は波多家のもとに上松浦の諸家を統一させようと考えておられる。我が鶴田家と波多家は対立関係にある。鶴田家が波多家の傘下に入れるわけがない」

と、前は説明した。

「二度にわたって大友氏に勝利された隆信公のもとには、それまで日和見だった佐嘉表の城主たちが集まっております。これから龍造寺家に協力しなければ、鶴田家の未来もございませぬ」

と、堯は答えた。

しかし、龍造寺家に協力するということは、ふたたび波多家に臣従することを意味している。しかも、そのためには反後室派の松浦氏や日高氏を説得しなければならない。

ここで前が怒った。

「堯よ、そなたはいつから龍造寺家の家臣になった。それとも、わしを愚弄《ぐろう》しているのか！」

「愚弄ではありませぬ。父上には時代の流れを読んでいただきたいのです」

しかし、六十六歳の父が老躯に鞭打つように夜遅くまで大友家や龍造寺家などに返信の書状をしたためたり、平戸の松浦鎮信や日高喜に対しても波多鎮の鬼子岳城復帰の説得に努力してきたことを賢は知っている。

波多鎮は、まだ鬼子岳城に入城できないでいた。龍造寺軍の援助によって鬼子岳城の奪還は成ったものの、上松浦諸家からの承諾が得られなかったのである。

波多家の実権は実質的に津保子にあった。その津保子は自分たちが城にもどるために龍造寺を利用したにすぎず、あくまで本音は大友・有馬の同盟のラインに乗っている。

しかし、津保子は龍造寺隆信が鶴田氏、松浦氏、日高氏を抑えて自分たちを鬼子岳城に復帰させてくれれば、大友氏従属をやめて龍造寺家に従ってもいいという意思を示していた。こうしたことから松浦氏と日高氏にはさまれて鶴田前は葛藤していたのである。

そこで賢は言った。

「堯よ、そなたの気持ちはわかる。だが、父上は鶴田家が生き延びるための努力をなさっておられる。もうそれ以上言ってはならぬ」

だが、堯は憮然とした表情をした。

その夜、賢は改めて父の立場を詳しく説明すべく堯と語り合った。すると、堯の奥にはさみしさがあったことがわかった。

「わたくしは、いつも佐嘉から隆信公のお考えを書状で父上にお伝えしていたつもりです。しかし、父上からお返事をいただくことは一度もございませんでした」

と、言った。

賢は一年で人質から解放されたが、堯は九年もの間、拘束されていたのである。多感な時期というのに、解放に働きかけてくれなかったさみしさが父に対する反駁《はんばく》となっていた。つらい思いをさせてきたことを思うと、賢も涙を堪えることができなかった。

しかし、この頃から少しずつ鶴田前は体調を崩し、寝込むことが多くなった。

二度にわたる大友家との勝利に自信を得た龍造寺隆信は、今山での奇襲が成功した翌日から大友方に付いた佐嘉の武将たちの討伐を開始した。翌年には自分の養女である於安《おやす》の夫の小田鎮光を謀殺《ぼうさつ》した。

そして、その勢いのままに龍造寺隆信は上松浦の平定に乗り出した。そして、その攻撃を実行に移す契機となる事件が起こった。天正元年（一五七三）冬、草野鎮永が小城の千葉胤誠《たねまさ》の旧臣らと計り、小城の農民に一揆を扇動したのである。

この時、千葉城の麓に立つ須賀神社の神主・宮崎伊予守が龍造寺隆信に密告したため、一揆民は追い払われたが、これを機会に隆信は、鬼ヶ城・草野家と二丈城・原田家もろとも上松浦から葬り去ろうと考えた。

まず、隆信は波多家と鶴田家に草野家攻撃に応じるよう求めた。

（両家とも従う）

と、隆信は考えていたが、草野家には津保子の姉がいたため、波多鎮から拒絶された。一方、鶴田前も草野家との間で同盟を組む起請文《きしょうもん》を取り交わしていたので、鶴田家からも拒否された。

前は体力の衰えとともに気力も弱くなり、一日も早く波多鎮を鬼子岳城に呼びもどそうとしていたが、日高喜と松浦隆信、そして草野鎮栄と後藤貴明は反龍造寺としての同盟を結んでいた。その龍造寺包囲網に鶴田前も入っていたので、それが龍造寺隆信を怒らせる結果となった。

天正元年（一五七三）十二月三十日、獅子ヶ城は龍造寺軍に包囲され、翌日から激しい攻撃にさらされた。すでに狼煙で通報を受けた家臣たちは獅子ヶ城に集結していたが、龍造寺家の家老・鍋島信生は、福井山城守と波多家の八並武蔵守に先陣を命じた。八並にとって鶴田家は母の里であり、恩人の賢がいる獅子ヶ城を攻撃することは忍びないものがあったが、隆信の命令に逆らうことはできなかった。

この戦いで、賢は病床に臥している前に代わって、獅子ヶ城の家臣全軍を指揮した。初めて総大将となった賢であったが、龍造寺軍は大手門と搦手口の双方から攻略すべく、大手門側におびただしい鉄砲隊を配置した。そうすることで大手門側に鶴田兵を集中させ、手薄になった搦手口から斬り込ませるという戦略を用いた。大手門の折屋敷という一帯では屍山血河《しざんけつが》の様相を呈し、鶴田軍の兵力は激減していった。

織江は家臣の妻女や侍女たちと負傷者の看護に当たっていた。ところが、致命的なことに気づいた。

「水、水がわずかしかありませぬ」

水がなければ血を拭くこともできず、渇きを癒すことも、飯を炊くこともできない。だが、城の麓の池は龍造寺軍から占拠され、近づくこともできなかった。悪化する戦況の中で、賢は弟の尭、豪海、武《たける》らと絵図を広げて軍議をひらいた。

「田久保甚五衛門に百人、大宝主馬佐に百人をつける。二百人の鉄砲兵によって大手門を死守せよ。白水運五郎と吉野平左衛門に二百人、二人は搦手口に回れ。猫一匹たりとも城内に侵入させてはならぬ！」

そして賢は日在城の鶴田勝を呼ぶべく、狼煙を焚かせた。だが、川の対岸に配置された鉄砲兵によって、日在城軍は麓にさえも近づくことができなかった。

ここで賢は開城の潮時を感じた。

「もはやここまで。これ以上、死傷者を出すことはできぬ」

と、家老の久賀民部を呼ぶと、采配を投げ捨てた。

こうして天正元年（一五七三）十二月三十一日、獅子ヶ城の攻防戦は終わった。

その日の夕暮、伝令がやって来た。

「開城の儀の準備が整いました」

賢は大手門の前で龍造寺軍の使者を迎えた。そこには波多家重臣の八並武蔵守がいた。八並は涙を浮かべていた。その下から甲冑に身を固めた中年の武将がゆっくりと登ってきた。鍋島信生であった。

かつての人質時代、賢は信生のことを知っている。

「……お役目、ご苦労にござる」

と、前は擦《す》り切れた濁声《だみごえ》で頭を下げた。

「それにしても手こずり申したぞ。さすがに鶴田前公の嫡子であらせられる」

と、信生は感心したように言ってから、

「このような形でそなたに再会したくはなかったが……」

と、つぶやいた。

「さて、和睦ということでござるが、内容については隆信公がご判断になられる。それまでこの獅子ヶ城には我が軍の城番を置かせていただく。それでよろしいか」

と、信生は念を押した。

「敗軍の将に申し上げる言葉などございませぬ。何卒よしなに……」

と、賢は頭を下げた。

「尋常である」

と、信生が言って坂を下ろうとした時、堯が信生に歩み寄って小声で言った。

「父は病に臥しております。我々はどうなってもかまいませぬが、父母だけはこのまま館に住まわせていただけませぬか。武士の情けと思ってお聞き届け願いたい」

信生はしばらく考えてから、

「承知いたした。この寒空に老いたご両親をさらすのは、堯公にとってつらいことであろう」

と、言って麓に下って行った。

庵は獅子ヶ城の搦手口の池の辺に建っていた。

岩松庵《がんしょうあん》――

前は隠居後の名前を、「岩松斎《さい》」と名乗っていたが、天正四年（一五七六）六月二十四日、ついに逝った。獅子ヶ城が落ちてから三年間、前は岩松庵でずっと病床に臥せっていたが、七十歳を娑婆《しゃば》の一期としてこの世を去った。暑い真夏の陽射しを浴びながら、賢は獅子ヶ城の麓の一隅に父の骨を埋めた。

それからまもなく経った八月十九日、賢のもとへ豊後の大友宗麟から一通の書状が届いた。

——父上の越前守殿が死去されたとのこと、是非もないしだいである。長い間、大友家に対して貞節を尽くされたというのに、まことに不憫至極《ふびんしごく》である。しかしながら、貴殿たちご兄弟に別状なかったこと、また亡父の遺志を継いで大友家へ忠節を尽くされる覚悟の程、まことに喜ばしく存ずる

そこへ織江が四女の麻《あさ》を伴って茶を運んできた。賢は二歳の麻を呼び寄せると、自分の膝に抱いた。

「まだまだ暑うございますね」

と、織江は笑った。

賢は宗麟からの書状を見せた。

織江は訊く。

「ここに、その覚悟の程をまことに喜ばしく存ずるとございますが、あなたは、なにか書状を宗麟殿へ送られたのでございますか？」

「書状？」

「お父上の遺志を継いで大友家へ忠節を尽くすというお約束など……」

「いや、それはしておらぬ」

「では、ありがたいことではございませぬか」

と、織江は書状を押し頂いて賢に返した。

「なぜだ？」

「鶴田家は龍造寺家や大友家のために戦ったというより、生き抜くために戦ったというのが事実でございましょう。大友家とも龍造寺家とも誼《よしみ》を通じてきたのです」

「それはそうだが、この書状を読むと、ふたたび大友家のために働かせようという魂胆が見える」

「そうかもしれませぬが、ここは素直に宗麟殿の哀悼の意を信じられてはいかがでしょうか？」

「哀悼の意？　味方に引き込むための方便にすぎぬ」

「そうではございませぬ。宗麟殿はこの上松浦を龍造寺家から守ってほしいと鶴田家に期待をかけておられるのでございます」

と、織江は笑った。

「織江よ、そちはなぜそのように人を簡単に信じられる。それがゼウスの教えだからか?」

「それもございますが、人を信じれば気持ちが楽になるからです」

と、笑った。

「そうか。信じれば楽になるのか」

(わたしが人の裏を考えるようになったのは、いつの頃からか……)

賢は無邪気な麻の様子を見ながら過去を振り返った。

鬼子岳城はすでに八年前に龍造寺軍に抑えられていたが、隆信は日高らを追い出すと、佐嘉に引き揚げていた。

津保子はすぐに城にもどれると考えていたが、反後室派の強硬な反対や訴訟も相次いでいて、上松浦の諸家は波多鎮と津保子の入城を認めなかった。その間、ずっと有浦の館で居候の暮らしを余儀なくされていた。

十

日高喜が平戸の松浦家の家臣として収まったことで反後室派の勢力も弱まり、波多鎮が帰城したという報が賢の耳に届いた。城を追われて草野家に約一年、有浦家に十二年の居候生活を強いられてきた主君のことを賢は哀れに思った。

その一方で、日高喜のことが不審に思われてならなかった。勝ち取った壱岐・亀丘城を平戸の松浦家に与えると、自分の娘を松浦隆信の嫡子の信種に嫁がせ、松浦家の家臣として壱岐に領地を与えられていたからであるが、騒動を起こしたまま最終的に我が身の安泰のみを図り、後始末のみが父の鶴田前に託されたような感覚であった。

やがて、賢は龍造寺家に従属する誓紙《せいし》をしたためた。龍造寺は草野家鎮永の鬼ヶ城を攻略し、原田了栄の高祖城まで傘下に置いている。もはや鶴田家には独立していられる可能性はなかった。

ある日、八並弥五郎が鶴田前の墓に花を手向けにやって来た。弥五郎は賢より三つ年下であったが、すでに武蔵守と名前を変えて波多家の重臣となっていた。一方、賢は前の逝去によって獅子ヶ城の当主となっていた。

「かたじけない」

と、賢が礼を言うと、八並は笑って答えた。

「とんでもない。かねがね、わしは後室派として伯父上と対立してまいったが、織江から諭されて目が覚めた」

「織江から？」

「人間は自分の立場からしか物を見ない。しかし、相手の立場に立つと少し見方が変わる。波多家も鶴田家も同族。考え方のちがいで憎しみ合うのは小さな人間がすること。もっと広い心をもつよう教えられた。もし、わしが伯父上の立場であれば、反後室派とならざるを得なかったかもしれぬ。そう気づかされたのだ」

「そうか……」

「さすがに織江は直公の血を引くだけあって、広い心をもっておる」

「いや、かたじけない」

と、賢は頭を下げた。

「これまで、父もわしも母には肩身の狭い思いをさせてきた。しかし、鶴田家と波多家は同族。これからは両家の橋渡し役になりたい。幸い、わしは波多家の重臣に抜擢された。もし、力になれることがあれば、なんでも引き受けたい」

賢は八並の言葉に打たれ、

「痛みいる……」

と、頭を下げると、少し気にかかっていたことを打ち明けた。

「じつは、早速だが、頼みたいことがある。わたしは隆信公に、これからは波多家のために尽くす旨の誓紙を送ったが、いまだに鎮君にお詫びをする機会を得ずにいる。お会いする機会をつくってもらえぬか?」

「それはおやすいことだが、そなたが波多家に入ることを鶴田勝公がお許しになられるであろうか」

「叔父は反対するかもしれぬが、わたしは家族を養っていかねばならぬ。叱責を受けるかもしれぬが、そこはわたしがきちんと話をする」

「そうか……」

「ただ、主家に楯を突いた鶴田家であれば、後室さまから激しいお叱りを受けるであろうのう……」

ところが、八並は思いもかけないことを言った。

「……後室さまは、すでにお亡くなりになっている」

「亡くなられた！」

「ご病気のため、有浦公の館にずっと臥せっておられたが、鬼子岳城への復帰を待ちわびながら息を引き取られた。あの頃は波多家と鶴田家は敵対し、多くの戦もつづいていたので、紛糾が起こらぬよう、諸家には内密にしていたのだ」

と、八並は語った後、

「ただ、一つだけ伝えておきたいことがある。これだけは信じてほしい」

と、真剣な顔で賢を見つめた。

「すでにご自分の余命がいくばくもないことをお悟りになったのだろう。ある日、鎮殿を枕元にお呼びになられ、数々の出来事を懺悔《ざんげ》されていた」

「懺悔？」

「筆頭家老の毒殺も、直公の謀殺も自分が犯した大罪であると告白された。前公に詫びたいが叶わぬ、いつか機会があったらそちの方から伝えてほしいと、わたしに遺言を託された」

「それはまことか？」

と、八並は賢の目を見つめた。

「今日はそれを前公にお伝えする目的もあったが、最期は手を合わせながら息を引き取られたことは信じてほしい」

と、八並は悲しそうに言った。

「そうであったか。人間、死ぬ時はみんな罪を吐露して逝かざるを得なくなるのだろう……」

と、賢はわだかまっていた閊《つか》えが一挙に流れ出していくような気持ちになった。

しばらくして、賢は弟の堯、豪海、武、救《すくう》、そして任《つこう》、連《れん》、俊《しゅん》の三人の子どもを連れて鬼子岳城へ向かうことにした。八並が鎮との接見の機会をつくってくれたのである。

「ここでしばらくお待ちください」

近侍に案内されて二の丸の控えの間に入ると、まだ幼かった頃の思い出が懐かしく蘇ってきた。草鞋取りとして父の供をし、ここから松浦川を眺め、海の向こうに夢を馳せたことがあった。

しかし、時は移り、後室も亡くなり、日高資も伯父の直も他界している。

（あれは何だったのだろう……）

と、賢は幻の夢を見てきたかのような錯覚を覚えた。

その時、

「まもなく、殿がお出ましになられます。どうぞ大広間へ」

と、近侍の促す声が聞こえた。

大広間へ入ると、奥に八並武蔵守が威儀を正して坐っていた。八並は鎮の意向を伝えたり、対外的な折衝をしたりする重臣の立場にあったが、この日ばかりは自ら出向いてくれた。

賢は少し緊張しながら、頭を下げて出座を待った。

「面《おもて》を上げよ」

顔を上げると、草木染の直垂《ひたたれ》をまとった波多鎮が坐っていた。賢は、幾度か鎮にまみえたことがあったが、いまでは髭をたくわえ、すっかり大人になっていた。

八並が鎮に頭を下げた。

「本日は鶴田賢一族、ご挨拶にお伺いいたしました」

その声に促されて、

「本日は拝謁《はいえつ》にまかりこしました。まずもって、これまで主家に敵対した罪をお詫びいたします。これからは隆信公のご命令どおり、獅子ヶ城の家臣、所領はすべて捧げ奉り、波多家にご奉公つかまつる所存でございます。なにとぞよしなにお引き回しの程をお願い申し上げます」

と、一同に頭を下げた。

ところが、鎮はなにも答えない。しばらく沈黙の時が流れた。賢が頭を上げると、横に控える女性に確認を求めているようであった。

その女性がかすかにうなずくと、

「……承知した。よろしく頼む」

と、言葉を残して鎮は座を立った。

（なにかおかしい……）

鎮の様子に、賢は少し違和感を覚えた。控えの間にもどると、弟の豪海が八並に尋ねた。

「あの横におられたお方は、どなたさまにござりますか？」

「殿のご正室の円子《まるこ》さまだ。もとは青山公のご息女であられた」

賢は、父の前がずいぶんと毛嫌いしていた青山正のことを思い出した。

「いつも、あのようにお側におられるのですか？」

と、豪海も鎮に対していささか違和感を覚えているようであった。そして、ここから賢は意外なことを知ることになる。

「少し言いにくいが、殿は後室さまを亡くされて以来、お側に円子さまがおられないとご不安なのだ」

ここで賢は前が直に語っていた話を思い出した。

——後室さまは魚の骨を自分の口で吟味して食べさせ、絹の布団に抱いて寝て、友も与えられず、剣術の機会も与えられていない。あれではまともな人間に育つわけがない

（鎮君は七歳で有馬家から養子に入ると津保子の命令のままに動かされたのだろう。長じては重臣の操作のままに動けばよかったにちがいない。自分で決断できないのはそのせいかもしれない）

賢が波多家に従順の意を示すと、日在城の鶴田勝のもとにも龍造寺隆信からの書状が届いた。

——これより上松浦は鬼子岳城の波多鎮を盟主と立てて、他の者はその与力として従属させる。鶴田一族も波多氏の配下に降《くだ》るように。勝殿は日在城を明け渡されるべ

し
勝は憮然とした顔で、

「賢よ、これを見よ。なんと隆信公は馬鹿なことを申される！」

と、書状を突き出した。

賢が目を通していると、

「なぜ日在城を明け渡さねばならぬ。なぜ、波多家なんぞに従わねばならぬ」

と、怒った
しかし、賢は言った。

「わたくしも最初はそう考えておりました。しかし、もはや鶴田家は龍造寺隆信公のご命令に反しては生き延びることができませぬ」

「直兄は波多家に殺された。その上、どれほど龍造寺家から攻撃を受けたことか。そのために獅子ヶ城も落ちた。そなたはその恨みを忘れたというか！」

「しかし、それもご時勢。もはや、わたしには龍造寺家に対する恨みなどありませぬ。ないからこそ、波多家に仕えているのでございます」

「……そなたはそなた、わしはわし。龍造寺に屈して日在城を明け渡し、波多家に仕えることは鶴田家武門の恥辱である」

賢は退かない勝の顔を見ると、若い日の父のことを思い出した。兄弟は似ているものだと笑いが込み上げてきた。

「世間は人間の欲で動いているのでございます。武門の意地とか正義などをいくら論じても、論じるだけ疲れませぬか。わたしには勝叔父が守る苦しみに喘いでいるような気がしてなりませぬ」

「守る苦しみ？」

「おそらく、人は守る苦しみがあるから攻めるのです。獅子ヶ城を失ってから、わたしはずいぶん楽になりました。守る苦しみがなくなったからです」

兄の直を謀殺された波多家に臣従《しんじゅう》したくないという勝の気持ちは賢にもわからないわけではない。しかし、龍造寺家に楯を突いても勝ち目はない。それがわかっていないがらも、勝は武門の意地を捨てきれないようであった。

「たとえ弓矢にかけても隆信の命令には従わぬ」

「では、どうなさるというのです？」

「もし、隆信公が日在城を攻められるのであれば籠城するまでだ！」

頑《かたく》なな態度に賢はため息が出た。

後日、龍造寺隆信は鶴田勝の返書を受け取ると激しく怒り、日在城攻撃の軍議を開いた。鍋島信生がこれを強く諫《いさ》めた。

「殿、勝公は波多家に兄の直公を謀殺されたのでございます。その波多家に臣従するのを承服しないのも武士の意地から発するものでございましょう。ここはわたくしに腹案がございます。いましばらくご猶予くだされ」

まもなくして、鍋島信生が鶴田勝の説得に来ることになった。賢はその知らせを勝から受けて日在城に駆けつけた。

父の前は龍造寺隆信と頻繁に書状を交わし合っていた。前は隆信に鷹を送ったこともあった。また、鍋島信生は賢や堯の人質に際してはいろいろと便宜を図ってくれたこともあった。

「勝公よ、武雄・塚崎城の先代・後藤貴明公は、かつて鶴田一族の支援を頂いた恩義を忘れておられぬ。このたびの日在城の危急を知り、龍造寺家信公に嘆願をなされた」

「はて、嘆願とは？」

「家信公はお父上の隆信公のもとに行かれ、『もし勝公を許していただかなければ、この家信、日在城に押しかけて勝公と共に腹を切る覚悟にございます』と仰せられたとのこと。これにはさすがの隆信公もお困りになり、日在城の攻撃を思いとどまられたのでござる」

もともと後藤貴明は大村純前《すみさき》の子であったが、武雄の後藤純明《すみあきら》の養子となり、塚崎城主を務めていた。そして、城主の座を龍造寺隆信の嫡子の家信に譲って隠居の身であった。

そこに至るまでは貴明自身にも紆余曲折があった。貴明には子どもがいなかったので、松浦隆信の次男の惟明《これあき》を平戸から養子に迎えていたが、間もなく貴明に男児（晴明）が生まれた。そこで貴明は我が子に塚崎城を継がせようとした。

しかし、それを承服しない惟明から挙兵され、塚崎城から追い出されてしまった。ここで貴明は、それまで敵対関係にあった龍造寺隆信に援兵を要請した。結果、惟明は敗れて平戸に帰ったが、隆信の三男である家信を貴明の娘と結婚させるよう龍造寺家から要求されたのである。

だが、貴明は惟明を追い出したことを松浦家に申し訳なく思い、鶴田家と松浦家が深い付き合いがあることを知って、鶴田勝に松浦隆信（松浦道可）との関係修復を頼んだのであった。

信生は言った。

「家信公にとっては貴明公の過去のことなど関係もありませぬ。しかも、松浦隆信公は龍造寺家に対して敵対しておるのです。その家信公が義父の貴明公のお気持ちを酌みとって父の隆信を説得された。お手前のことを案じておられるお気持ちを裏切ってはなりませぬ」

「……」

「家信公はお手前を五百石で塚崎城の家老として迎えることを約束されておる。勝公よ、ここは悪いことは申しませぬ。日在城を開城して武雄へお移りなされ」

と、説得した。

信生を見送ると、勝は迷った顔をしていた。

「いかがいたすべきであろうか……」

「貴明公は恩を忘れられぬご立派な御仁、またそれを引き受けられた家信公も、それを伝えにこられた信生公もご立派なお方でございます。叔父上のためにご尽力くださっている人びとのご厚意を無駄にしてよろしいわけがございませぬ。ここはぜひお受けになるべきです」

と、賢は促した。

「……わかった」

やがて鶴田勝は日在城を出て武雄・塚崎城の家老に仕官し、山内村鳥海《とのみ》に住むことになった。

賢には、龍造寺隆信に誓紙《せいし》を出した以上、波多家に仕えなければならず、妻子を養う必要もあった。平凡ながらも働いて飯を食う日々に満足していた。与えられた仕事は、波多家所領の米の石高を計算することであった。

そして、賢は波多鎮から驚くべきことを通達された。獅子ヶ城の勤番を命じられたのである。八並に聞くと、鍋島信生が龍造寺隆信に諮《はか》って、波多鎮に同意させたということであった。

これで賢も住み慣れた里に落ち着き、厳木の大谷という場所に館を建てると、母の香も、弟の堯も、そして豪海も、ここに同居するようになった。

十一

しかし、それから波多家に激震が走った。

八並武蔵守が浮かぬ顔をして、賢の家を訪ねてきた。

「円子さまはお可哀想なお方だ……」

と、八並は開口一番に言った。

「可哀想？」

八並は少し暗い表情で言った。

「少し前、龍造寺隆信公の使者が突然に鬼子岳城を訪ねてこられた。隆信公にはご養女に於安《おやす》の方という姫君がおられるが、その於安さまを殿の御正室として嫁がせようと考えておられるようだ」

（於安……）

賢は於安のことを思い出した。於安は賢より一つ年下であったが、じつは隆信の娘ではなく、龍造寺胤栄《たねみつ》の一人娘であった。だが、七歳で胤栄は病死した。男子なら七歳でも家督を相続できたが、女の身ではそうすることもできない時代。重臣たちは於安の母に新しい婿として、分家から隆信をとって龍造寺の本家を継がせた。つまり、於安は隆信の養女となったのであった。

「正室？　円子さまがおられるではないか」

と、賢は不審に思った。

「むろん、殿の御正室は円子さま。蘯《あつし》公、続《つづく》公、弥《わたる》公の三人の御子もおられる。だが、その時、隆信公の使者が香華料を差し出されてなあ……」

「香華料?」

「もとより円子さまはまだご健在であるからそれをお返しになるよう、わたしから殿に申し上げたが、使者は笑ったままなかなか香華料を受け取ろうとされなかった……」

「それは円子さまを排除せよという意味だな」

と、賢は言った。

八並はなおも語る。

「その後、わたしが佐嘉へ呼び出されると、ご家老の鍋島信生公から、隆信公が於安さまを殿に嫁がせたいというお気持ちであることを伝えられた。そこで重臣が集まって善後策を練ると、これを受け入れなければ波多家が龍造寺家に服属している証しにはならぬと、あとは殿のご判断を待つことになったが、殿は八並に任せると仰せられた」

「ほう……」

と、賢は目を丸くした。

「しかし、そう言われても困るので、ふたたび重臣評定を開くと、わしが円子さまに出家を進めるよう白羽の矢が立った……」

「それで……」

「ところが、円子さまは自分が身を退くことで波多家のためになるのであれば喜んで出家すると仰せになった……」

八並は目をうるませながらも、

「殿は出家を認められた。だが、どうすべきか、さぞかし内心はお苦しみであったにちがいない。それ以来、青山公は鬼子岳城へは登っても来られぬ」

と、八並は深いため息をついた。

「むごい話だ」

そして、最後に八並は言った。

「いま、波多家は厳しい局面にある。このままでは鬼子岳城は隆信公に奪われてしまう」

そう言って八並は暗い顔をして家に帰った。

八並が帰った後、賢は於安のことを思い出した。美しい女性であるにもかかわらず、あまりにも哀れな生い立ちを送っていたことから、鮮明に記憶に残っていた。

（二度目に会ったのは、たしか今山の戦いの直前であったな……）

於安は、夫の小田鎮光と獅子ヶ城を訪ねてきたことがあった。その時、鎮光は大友側に付くべきか、龍造寺側に付くべきか葛藤していた。そこには父の政光を見殺しにした隆信への恨みがあった。その時の鎮光と於安と前の会話を賢はよく覚えている。

鎮光が於安に言った。

「隆信公はそちの義父。そちを娶らせてくれた恩がある。親父殿を裏切ることはできぬ」

すると、於安は泣きながら言った。

「もはや龍造寺はわたくしの実家ではなく去家《きょか》でございます。あなたは心置きなく大友軍に参陣されていいのです」

「なれど、それではそちが裏切り者と佐嘉表から呼ばれるかもしれぬ。そちの母も悲しませることになろう」

「嫁《か》して七年間、わたくしは、ずっとあなたの苦しみを見てまいりました。あなたの苦しみは、わたくしにとっても悲しみでございました」

二人の会話を聞いた前《すすむ》は涙を流していた。

「まことにこの乱世はむごい。だが、親がいて自分がある。お父上の政光公が無念の想いをもって討死にされたことを思うと、ここは大友方に付くのが子としての道であろう。ここまで於安さまが言っておられるのじゃ。鎮光公よ、心置きなく隆信公と戦われよ」

それでも鎮光は迷っていた。

前は於安にも言った。

「この戦がどうなるかはわからぬ。だが、於安さまもここで覚悟を決められよ。鎮光公を信じて添い遂げられよ」

その後、前は二人の話に幾度も涙を拭いていた。

そして、鎮光は大友軍の勝利を信じて必死に戦った。だが、龍造寺の奇襲によって大友軍は敗れた。戦いが終結すると、隆信は裏切った佐嘉の国人衆の粛清《しゆくせい》を行うようになり、小田鎮光もその対象となった。ここで鎮光は筑後に逃れ、多久の梶峰城には於安だけが残った。

まもなく隆信が於安を佐嘉に呼びもどしたが、隆信は於安を利用して鎮光をおびき寄せた。鎮光の命を助けると言って於安を安心させ、その書状を鎮光に送らせ、安心して帰ってきた鎮光を斬ったのである。

それを知った於安は悲しみのあまり何度も自害を試みたという。そのことを賢は堯から聞かされていたのであった。

父を殺され、城を乗っ取られ、最後には惨殺された鎮光の無念さ、十七歳で嫁いで以来、仲睦まじく暮らしていたというのに、隆信の策略にかかって夫を呼び寄せた於安の苦しみを思うと、賢は戦国の世の痛ましさを思い知らされた。

そこへ本能寺の変で織田信長が明智光秀の謀反にあって自害したという通報が飛込んできた。戦国の世に終止符を打つ第一人者と目されていた信長の死を知って、終わりそうにない時代に賢は絶望さえ感じるのであった。


それから四カ月、龍造寺家の勢力は圧倒的で、波多家のみならず、平戸松浦家、草野家も隆信に屈するようになっていた。

一方、円子は出家して唐津の近松寺《きんしょうじ》という寺に入ると髪を落とした。三人の子は祖父の青山の館で育てられていた。賢は円子の境遇も哀れに思うが、於安のことも案じられるのである。

「お輿入れ《こしい》はいつであろうか？」

八並は困った顔をした。

「じつは、病に臥せっておられるらしい。どうも心の病らしい」

（無理もない……）

賢は隆信に抗《あらが》えないでいる於安の苦しみを感じた。

ところが、それから数カ月が過ぎて、いよいよ輿入れが迫った頃、八並があわてて賢のもとにやって来た。

「たいへんなことになった。於安さまが獅子ヶ城にて、ご休憩をなされることになった」

「獅子ヶ城に？　ご休憩ならもっと広く、眺めがいい場所があるではないか」

「子細《しさい》はわからぬが、そのように龍造寺方から連絡が入った。わしは於安さまを佐嘉までお迎えに行かねばならぬ。そなたは獅子ヶ城で待機してほしい」

抜けるような青空のもと、賢は花嫁行列の一行が城下に入るのを待った。さすがに「肥前の熊」と恐れられる猛将・隆信の息女とあって、輿入れ道中は華やかであった。

先頭は馬にまたがった龍造寺家の重臣、その後ろには輿入れ用の物品を乗せた馬車が並び、駕籠《かご》の後ろには数十人の侍女が付き従っていた。村びとたちは老若男女、沿道に坐って頭を下げている。

やがて駕籠から於安が下りてきた。

「このような草深い場所に、ようこそおいでくださいました」

と、賢は深々と頭を下げた。

於安は賢の顔を見て言った。

「そなたはたしか、甚五郎とか申されましたな」

「恐悦至極に存じます。いまは賢と名を改めております」

「お互いに年を取りましたが、お変わりないご様子……」

「おかげさまで、つつがなく今に至っております」

と、賢は頭を下げた。

「ところで、前公のお墓はどちらに？」

と、於安は訊いた。

「墓？　すぐ近くにございますが……」

意外な言葉に賢は驚いた。

「前公のお墓に参らせてもらいたいのです。ご案内していただけませぬか」

賢は川横の一角に立つ野墓に案内すると、於安は手を合わせた後で言った。

「前公には鎮光公の苦しみに耳を傾けていただいたことがございました。涙を浮かべて励ましてくださいました。今、そのお礼と報告ができて気持ちに区切りがつきました」

「あの時、父は鎮光公に大友軍に味方するよう勧めました。あのようなことを言っておらねば、と申し訳なく存じております」

と、賢はふたたび頭を下げた。

「いや、涙を浮かべて励ましてくださった、前公の優しさが忘れられないのです」

賢は於安の律義さに胸が熱くなった。


於安が波多鎮に輿入れしたのは三十八歳の時であった。ただ、龍造寺家から正室を迎えたとあって、波多鎮は有馬家の重臣たちから恨みを買った。

父の有馬義直は、島原半島一帯に強大な勢力を築いた有馬晴純の嫡子であったが、詩歌に造詣深く、書に巧みな文化人で、戦乱渦巻く戦国時代の為政者としては不向きな人物であった。

しかも、キリスト教に改宗したことが父・有馬晴純との対立を生み、龍造寺家と戦って敗れたこともあって、有馬家の絶頂期は晴純の時代で終わり、島原の一地方の領主レベルに落ちるほど斜陽化していた。

そして、失った所領を回復することなく六年前に没していた義直の後は、嫡男の有馬義純が有馬家を継いだ。義純は波多鎮の兄であった。その義純が急死してしまったため、弟の晴信が十歳で家督を相続していたが、政治の実権は重臣に奪われていた。

そして天正十二年（一五八四）三月。龍造寺隆信が命令を下した。

——有馬、島津を殲滅《せんめつ》せよ

有馬晴信は波多鎮の弟に当たっていたので、鎮は出陣しなかったが、隆信への体面もあって、波多軍の中に編入されたのであった。

「すまぬが、子どもたちのことを頼む」

と、賢は頭を下げた。すでに四十歳になっていた賢には、五男六女の十一人の子どもがいた。

織江は悲しそうに言った。

「子どもたちのことについては案じられる必要はございませぬ。ただ、ご無事にてお帰りになるかどうか、そのことだけが心配でございます」

賢は龍造寺軍に編入されて島原の沖田畷《おきたなわて》を進軍していた。ところが、それは島津軍の誘導作戦であった。

隆信は有馬、島津氏の連合軍六千を破るべく、湿地帯の中に延びた小道にさしかかったところで、横の小高い丘にひそんでいた敵兵が弓矢や銃を浴びせてきた。龍造寺軍は逃げ惑ううちに泥田にはまり、身動きが取れなくなってしまった。動転する龍造寺軍の隙を突いて、無数の槍軍が奇声を上げて駆け下りてきた。

その瞬間、賢の左足に槍が刺さった。それでも賢は剣で斬り返したが、こんどは弟の豪海が矢に斃《たお》れた。

「豪海！」

と、叫ぶと、賢は背中に足を踏んづけて矢を引き抜いた。

しかし、ここで龍造寺隆信の命運が尽きた。隆信は巨漢であったため、家臣たちが担ぐ駕籠に乗っていたところを狙われ、首を斬り落とされてしまった。兵力では有馬、島津氏の四倍を誇っていた龍造寺軍であったが、まさかの敗退に帰《き》してしまったのである。賢は敗戦の無念を味わいながら、弟の豪海と共に帰城した。

龍造寺隆信が戦死してからというもの、龍造寺家が有馬につづいて斜陽化していくと、薩摩の島津家が大友家を凌ぐほどの勢力を強めてきた。九州の勢力図は大きく塗り替えられつつあったので、鬼子岳城の重臣たちの意見も対立するようになる。

「もはや龍造寺は頼りにならぬ。島津方に付くべきだ」

「いや、豊臣方に味方すべきだ」

豊臣秀吉は大友の依頼を受けて九州平定のために島津征伐に乗り出そうとしていた。大坂からの使者が筑前、肥前、肥後、豊後に派遣されて反島津の大名たちを勧誘していた。

「関白殿下に味方をするよう、血縁者、同盟者に申し伝えよ」

島津に味方して龍造寺軍を破った有馬家、大村家、そして松浦家、龍造寺家臣の鍋島家はすでに豊臣側に回っていたが、主家に代わって実権をもつようになった鍋島直茂（信生）に反発し、波多鎮は態度を決めかねていた。

そんなある日、八並が賢の住まいを訪ねてきた。

「島津氏が肥後の諸将を傘下に置いて北上し、大友氏の筑後攻略に当たるという噂が流れている。その島津氏を豊臣軍が征伐するという噂も流れている。しかし、我ら重臣は議論の応酬ばかりで、どちらに付くべきか結論が出ぬ」

と、暗い顔をしてため息を吐いた。

「宗麟殿は島津氏の攻勢を恐れて、関白秀吉公に助けを求められたようだな。我が龍造寺家では、鍋島直茂公がすでに豊臣方に付くことを決めておられる。波多家もそうしたほうがよいと思うが……」

と、賢は言った。

隆信の死後は嫡子の政家が龍造寺家を継いでいたが政家は愚鈍であった。よって、龍造寺家の家臣は、鍋島直茂《なおしげ》を頼りにしていた。しかし、波多鎮はその政家と仲が良いのである。

「我が波多家には反鍋島派の重臣たちが多い。殿は直茂公のことを快く思ってはおられぬ。よって、島津側に回られるかもしれぬ……」

と、八並は白髪をかく。

「大友家と島津家の戦いになると島津家が優勢。しかし、島津家と豊臣家が戦えば豊臣方が優勢。波多家はふたたび負け戦を味わうことになる恐れがある。その上、豊臣家に逆らえば、所領が没収される事態にもなりかねぬ」

「昨年、秀吉公は大友家と島津家の双方に停戦を命令されたが、島津義久公は秀吉公のことを『百姓の成り上がり者のくせに』となじって、関白の地位すら認めようとはされないらしいのだ」

「秀吉公も嫌われたものだな」

「おまけに将軍・足利義昭殿は島津義久公を九州の太守《たいしゅ》に任じ、大友攻めを許可されている。都でも将軍と関白殿下との間に一悶着《ひともんちゃく》ありそうだ。だが、波多家も島津側に付くと危うくなると思うのだが……」

と、八並は困り果てていた。

島津氏は驀進《ばくしん》するかのように九州を北上してきた。大友氏の所領であった豊前、豊後へ侵攻を開始すると、大友方の筑紫広門《つくしひろかど》の勝尾城《かつのお》（現・鳥栖市牛原町）を落とし、肥前の筑紫晴門《はるかど》の鷹取城《たかとり》（現・福岡県直方市）を陥落させた。

この時、秀吉は停戦命令を無視する島津氏に対して、討伐の軍をさしむけることを決定したが、豊臣軍の到着前に九州統一を成し遂げておきたい島津軍は、筑前・天拝山に本陣を構えると、大友家臣の高橋紹運《じょううん》の守る筑前・岩屋城、紹運の長男・立花宗茂の守る立花城、次男・立花直次の守る宝満《ほうまん》城を攻め、岩屋城、翌月には宝満城を陥落させた。

立花城だけは立花宗茂の堅固な守りのためになかなか攻め落とせないでいたが、そのうちに山口の毛利軍が進軍しているとの報に接して、立花城攻めを諦めて包囲を解き、撤退を開始した。

その隙に乗じて、島津勢は宗茂に高鳥居城、岩屋城、宝満城を奪還された。ここに至り、島津義久は東に向かい、大友宗麟の本国である豊後を直接攻撃することで雌雄《しゆう》を決しようとした。

天正十四年（一五八六）十月、島津義久は、弟の義弘を総大将として兵三万余をつけ、阿蘇から九州山地を越えて豊後に侵攻させた。

翌年、これに対して宗麟が秀吉に出馬を促すと、秀吉は二十万を数える圧倒的な兵員で肥後方面、日向方面へと軍を寄せた。

秀吉は赤間関での秀長との軍議の後、そこから船で九州に渡って筑前へと向かう。そして豊前・岩石城、秋月種実《たねざね》の古処山城《こしょさんじょう》を落とすと、それまで秀吉に敵対の構えを示していた島津方の在地勢力は戦わずして続々と秀吉に臣従し、筑前、肥前の諸将も次々と秀吉の軍門に降った。

ここで島津軍は北部九州を放棄して薩摩を固めたが、四月、秀吉は筑後高良山を九州平定の本陣として島津征伐の準備を固めた。

一方、龍造寺家では隆信の後継者となった政家の信頼は薄く、家臣の鍋島直茂が実権を握っていた。直茂は隆信と義兄弟であり、政家にとって義理の叔父であったので、早くから流れを読んで豊臣軍に帰参することを決めていた直茂に従わざるを得なくなっていた。また、島原の有馬晴信も秀吉方となっていた。

秀吉の味方をすれば自分の所領が安堵されると知った九州の豪族たちは、秀吉へ恭《きょう》順《じゅん》の意を示すために、それぞれ軍勢を率いて、続々と高良山へ参陣していた。こうしたことから、波多鎮も鍋島直茂から参陣するよう勧められた。

ところが、鎮は軍勢を率いず、わずかな供を従えて単身でやって来た。それが鎮にとって、主人である龍造寺政家のことを軽視している秀吉への精いっぱいの反抗であった。

だが、それを見て秀吉は呆れるのである。

(一兵も連れずにやって来るとは、いったいこの男、何をしに来たのか?)

ここで、他の武将たちから嘲笑を買っていた鎮のことを哀れに思い、鍋島直茂が苦しまぎれの釈明をした。

「波多鎮は我が龍造寺家の家臣でございます。島津の攻撃に備えて龍造寺家の領国を守るため、軍勢を国許に残しておるのでございます」

しかし、鎮は秀吉にも直茂にも表情ひとつ変えなかった。

五月に入ると、秀吉軍は薩摩の出水《いずみ》に陣をとった。その先鋒はすでに島津の本拠、鹿児島城下へと迫っていた。ここで島津義久は僧形となり、秀吉に降伏した。ようやく九州平定は終わりを告げたが、島津側に付いていた草野、原田の両家は秀吉の不興《ふきょう》を買い、所領を没収されてしまった。

秀吉は波多鎮に上洛命令を下し、従五位下に任じた。ここで鎮は「波多三河守親《みかわのかみちかし》」と改名した。秀吉がそんな優遇をしたのも、鎮の領地である名護屋を朝鮮征伐のための本陣にしたいと考えていたからである。

まず、秀吉は朝鮮に近い名護屋《なごや》の調査を命じた。これを受けて、波多親は使者を箱根、石垣山に遣わして調査結果を報告させた。

「我が領地の上松浦は狭い入江や港などが多く、大軍を駐留させるに恰好の地ではございませぬ。名護屋にも大軍を待機させるべき広大な陣地は見当たらず、関白殿下の本陣としては極めて不適当と察せられます」

これは田畑を荒らされ、領地の年貢が少なくなることを案じた波多家の家臣の報告を重臣どもが協議した結果をそのまま秀吉に上程したものであったが、これが秀吉の不興を買った。

秀吉は寺沢広高に命じた。

「あやつ、全国の大名の大軍が押し寄せるなど迷惑千万とでも言いたいようだ。だが、いま一度、名護屋の地を調査せよ。それと三河守がなぜ、このような内容の返辞《へんじ》をしたかも詳しく調べよ。予の行動を阻止せんとの企みをもっているやもしれぬ」

そこで寺沢は九州に下って再調査をすると、親とはまったく正反対の見解を示した。

「名護屋は松浦半島の北端に位置し、丘陵地で東に呼子、名護屋の二湾、西に大串、外津の両湾をもち、北は玄界灘にのぞみ、前方に加部島《かべ》、小川島、加唐島《かから》、馬渡島《まだら》の諸島をひかえ、軍船の碇泊出帆《ていはくしゅっぱん》によく、後方は台地丘陵が連なり、諸将の屯営《とんえい》をなすに最適の地でございます」

これを聞いて秀吉は寺沢に訊く。

「しからば、なにゆえに三河守はまったく逆の報告をしたのか。そちはどう思うか？」

「田舎者だからにござりましょう」

寺沢は親のことを軽蔑して言った。

秀吉には、少なくとも自分の配下にある武将は、全幅の協力を惜しまない忠臣であるべきだという考えがあった。

かつて木下藤吉郎と名乗っていた時代、寒い冬の朝、草鞋を自分の懐で温めて織田信長に供したことがあった。

こうした細やかな配慮の上に信長に登用され、ついには天下人にまで上り詰めたので、空気を読めない龍造寺政家や波多親のことが愚かに映っていた。

龍造寺政家は九州平定の際に秀吉と碁の勝負をして敗れ、盤面を見つめて敗因を考え込んでいたため、秀吉が帰る際の見送りを忘れたのであった。ここから秀吉は龍造寺政家よりも家老の鍋島直茂のほうに信頼を寄せることになっていた。

空気を読む力に長け、随時判断、適宜決断、即時行動に移す直茂は、それ以来、秀吉の側近として登用されるのであった。

秀吉の出現によって上松浦一帯が平穏になると、賢の母の香は獅子ヶ城攻防戦で戦死した家臣たちの供養を考え、獅子ヶ城の鬼門に立つ室園《むろぞの》神社（現・唐津市厳木町）で法華経一千巻読誦の大法要を行った。香は無念の戦いに散っていった人びとを敵味方の差別なく供養した。

その後、香は出家し、「花屋妙香《はなやみょうか》」を自らの逆修《ぎゃくしゅう》（生き戒名のこと）とし、獅子ヶ城の領内各地に建てた六地蔵に花を手向けることになる。

十二

天正十九年（一五九一）十月、秀吉は肥後の加藤清正に名護屋城の築城を命じると、起工後わずか五カ月にしてこれを完成させ、朝鮮出兵の本陣と定めた。

一帯には本丸の五層七重の天守閣を初めとする金殿玉楼の建物が立ち並び、その壮大さは筆舌に尽くしがたいものがあった。秀吉にとっては、この頃がまさに人生最大の栄華の瞬間であった。

一方、賢にしてみれば豊臣秀吉は待望の武将であった。秀吉は武士以外の者がもっている刀・槍などの武器を没収する「刀狩令《かたながりれい》」を出していた。実際には「兵農分離」のためであったが、少なくとも農民による一揆はなくなり、農民を巻き込んでの戦いは縮小されると思われた。

賢は八並に告げた。

「なんとか、殿下にお会いできないだろうか？」

「関白殿下にか！」

と、八並は目を丸くした。

「わたしは長い間、戦国の世に絶望を感じてきた。一日も早く戦を終わらせ、平穏な暮らしを保証してくれる大家であれば、大友であろうと、龍造寺であろうと、誰でもよかった。しかし、この戦国の世を終わらせてくれる覇者が出現した。豊臣秀吉なる人物。このお方を自分の目で確かめてみたいのだ。いま、その人が現れた。我が波多家の領地においでになっている。この機会を除いては会えぬ」

と、賢はいささか興奮したように告げた。

「お会いになってなんとする?」

「どういうお人か、直《じか》に拝顔したいのだ。できればお考えにふれてみたい。どうにかならぬか。無理であろうか?」

「わたしのような者には無理だな」

「やはり無理か……」

無念の思いがため息となって込み上げてきた。

しかし八並は、少し考えてから、

「もしかすると……少し待て」

と、すぐに背を向けて去った。

しばらくして、鬼子岳城において全家臣が集められると、朝鮮に出兵する名前が読み上げられた。

「鶴田賢《まさる》」

自分の名前が読み上げられると、他人の名前など耳にも入らぬほど衝撃を受けた。すでに賢は四十七歳。長男の任《つこう》や連《れん》や俊《しゅん》は大きかったが、まだ幼児や乳飲み子もいた。

不安な気持ちで家に帰ると、

「五十に手が届こうとされているあなたが、なぜ朝鮮にまで出向いて戦をしなければならないというのでしょう。この国はいつまで戦いをつづけるのでございましょう?」

と、織江は悲しそうな顔をした。

「皮肉なものよ。かつて大陸に憧れた自分が、こんな老躯の身になって朝鮮へ出兵させられるとは……。だが、もうこれを最後にしたい。朝鮮から無事に帰還したら鬼子岳城を辞するつもりでいる。帰ってきたらそなたとのんびり暮らせたらいい」

と、賢はさみしそうに笑った。

「それにしても、秀吉さまは天下統一を成し遂げられたというのに、なぜ大陸にまで出向いて戦をなさるのでしょうか? わたしにはそのお気持ちがわかりませぬ」

「わたしにもわからぬ。だが、あれほどの人物であれば、なにか深いお考えがあるにちがいない。もし、秀吉公に会えたらそのことをお聞きしてみたい」


ところが、数日後、八並が踊るように飛び込んできた。

「吉報だ。殿下にお目通りできることになった」

賢は目を丸くした。

「それとなく鍋島直茂公にお願いしたら、『鶴田賢公ならば、自分の供として控えさせてもよい』と仰せくださった」

こうして賢は直茂に連れられて、秀吉との接見の場に随行した。

「わしがするように、されよ」

と、直茂はかすかに笑うだけで、なにも教えなかった。接見といえば大広間という思い込みが賢にもあって、茶坊主から案内された茶室を控えの間と考えていた。

賢は直茂の後ろに付いて貴人口《きじんぐち》から入ると、薄暗い客座に着いた。中は八畳一間であったが、その奥の点前座《てまえざ》に痩せた老人が坐っていた。

だが、なにも語らないのである。パチパチと燃える炉の下の赤い炭火と沸く湯の音だけがする中、柄杓《ひしゃく》で静かに湯を汲んでいる。半分の湯を茶碗に注ぎ、残りを釜にもどすと小さな茶杓《ちゃしゃく》で緑の粉末を入れ、ゆっくりと茶筅《ちゃせん》を回しながら言った。

「粗茶である」

最初はうつむき加減であったのでよくわからなかったが、茶碗を差し出した後に上げた顔つきは猿のようであった。どことなく眼光の強さはあったが、その姿に気品は感じられなかった。

（まさか、この老人が……）

しかし、直茂は軽く頭を下げて、

「頂戴つかまつります」

と、茶碗を傾けた。

「結構なお手前でございました」

「さようか」

と、その老人は嬉しそうな顔をした。

その老人が、

「そちも一服いかがかな」

と、賢に訊いた時、直茂は紹介した。

「申し遅れましたが、この者はこのたび我が鍋島部隊に付く家臣にございます」

ここで賢はやっと気づいた。

（このお方こそ天下人の秀吉公！）

愕然として頭を下げた。

「鶴田上総介賢と申します」

「なに、鶴田カズサノケ？　わからん。もそっと大きな声で言ってみよ」

「鶴田上総介賢でございます」

と、ふたたび答えると、

「そうか。少し緊張なされている様子だが、茶席は無礼講。ここでは上も下もない。ゆるりとしておられよ」

と、秀吉は茶を煎じると、賢は直茂の作法に習って茶碗を傾けた。

秀吉は少し茶の話をした後に訊いた。

「ところで直茂公、そもそも予がなぜ朝鮮征伐を行うのかご存じか？」

「殿下は天下統一を成し遂げられましたが、日本一国の平和だけでは成り立たないというご明断からと存じ上げております」

と、直茂は軽く頭を下げた後、

「なれど、わたくしどもには考えも及ばない深いご賢察あってのことと存じます」

と、付け加えた。

「そうか、そう思うか。重臣どもの中には予が耄碌《もうろく》したとか、高慢さから起こった蛮行だとか、いろいろ悪口を言う者も少なくないがのう」

「そのようなことは無知の戯言《ざれごと》にすぎませぬ」

「このたびは二十七万の軍兵を朝鮮半島に送り込むことにしている」

「承っておりまする」

「明と朝鮮の連合軍は二十万という。いかにこの戦の規模が大きいものであるか。なれど、そこまでしても成し遂げねばならぬ理由がある」

「もしよろしければ殿下の狙いを詳しく教えていただけませぬか。さすれば、この直茂、勇気凛々と兵を挙げることができます」

賢は改めて事の大きさを知った。

「イスパニア（現・スペイン）が日本を狙っているのじゃ。防がねばならぬ。わかるか？」

と、秀吉は笑った。

直茂は小声で訊き直した。

「イスパニア、でございますか！」

「うむ、イスパニア。いま、イスパニアは恐ろしいまでに力をもっている。予は初めて地球儀を見た時、世界がこんなにも広いものとは思わなかったが、この時代、世界の大多数はイスパニアの領地になっているらしい。イスパニアの国王とやらが世界を制そうとしていると、バテレンから聞いた」

「そのイスパニアとやらは、どこにあるのでございますか？」

「ここから西の果ての遠い遠い場所にある。だがの、そのイスパニアはルソンという国に総督府をもっているらしいのだ」

ルソン――

賢は松浦党が交易をしていた国であると伯父の直から聞いたことを思い出した。

「イスパニアから宣教師たちが来てからというもの、近年、やたらにバテレンへ改宗する大名たちが増えている。あやつらが、この日本の領土を奪うような気がしてきた」

「イスパニアが日本を襲うというのでございますか？」

「布教にかこつけて日本人を改宗させ、頃合いを見計らって軍隊を送り込む魂胆のようじゃ。イスパニアの布教使が一緒に明国を奪わないかと、もちかけてきてからというもの、あの者たちのことが信じられなくなった」

賢は秀吉の話にのめり込んでいった。

「我が国には火縄銃がある。その数は世界全体の半数を占める莫大な数になっている。わざわざ遠いイスパニアなどから運ばなくても日本で造っている。まだ明国を征服していないイスパニアはそこに目をつけている」

秀吉は自らが煎じた茶をすすって言った。

「いくらイスパニアが本国から兵を送ろうと、我が二十七万の兵とまともに対抗する数を船で送り込むことはできまい。だが、もしイスパニアが数百万の明の兵隊を手に入れれば話は別。おまけにあちらで鉄砲を造らせ、日本に押し寄せたらどうなる？」

「そ、それは由々しきことでございます」

「そう、由々しきことなのだ！」

ここで秀吉の表情が変わった。

「もし、明がイスパニアの手に落ちれば、朝鮮半島もイスパニアの領地になろう。その危惧を取り除くには、イスパニアよりも先に朝鮮を支配下に置くしかない。あの国に我が軍を進駐させて緩衝《かんしょう》地帯とする。そのための出兵なのだ」

賢は秀吉の大局観に驚いた。

（このお方こそ、わたしが望んでいた覇者である）

涙をぬぐっていると、

「おいおい、そこのお人よ、なぜ泣いている。そんなに予の話はよかったか？」

と、秀吉は訊いた。

「感動のあまりに……」

「あっそう」

そこで茶席は終わった。

二十七万人もの軍兵が集結した文禄元年（一五九二）三月、ついに日本軍は朝鮮に向けて出兵することになった。世にいう「文禄の役」である。

鶴田勝は武雄・塚崎城の後藤家宣《いえのぶ》の家臣として、鶴田賢、堯、豪海の三兄弟は波多親の家臣として二番隊の加藤清正、その指揮官の一人としての鍋島直茂の傘下にある波多軍に編入されることになった。この時、賢は四十八歳、堯は四十二歳、豪海は三十九歳であった。

ところで、天下統一を成し遂げた秀吉も色事だけには規制が効かなかった。名護屋城で春の園遊会を催すことにして、肥前の鍋島直茂の妻、後藤家信の妻、波多親の妻ら十数名を招待することにした。表向きは出征中の諸大名の妻君たちを慰労することにあったが、秀吉は波多親の妻に会うことに照準を定めた。

例の於安、波多家に嫁いでから「秀」と改名し、「秀の前《ひでまえ》」と呼ばれていたが、「天下一の美貌の持ち主である」という噂を秀吉は聞いていた。秀の前は四十七歳であったが、容色は衰えていない。

秀吉は使者を派遣して招待状を届けさせたが、秀の前は夫が異国の地で戦っていることを理由に上げ、やんわりと拒否した。だが、ふたたび使者が秀吉の直筆の書状を届けにきた。

「いろいろ考えずに素直に名護屋へまいられよ。せっかくの春の一日、芸人の軽口、物まねなどを楽しもうではないか」

秀の前は、これ以上、拒否すれば夫の身に災いが及ぶかもしれないと考え、鍋島直茂の妻とも話し合って出かけることにした。

その頃、秀吉は趣向を凝らし、山里丸の庭園内に十二の茶屋を建てていた。この宴会は、その茶屋に妻君を一人ずつ亭主として置かせて、数名の小姓や小坊主らを伴ってそこを訪れた。

この時、秀吉は五十六歳であったが、最初の茶屋で亭主を務めていた秀の前の差し

出した茶を喫《きっ》しながら、彼女の美しさに見とれた。そして、園遊会が終わると、

「あの秀の前とやらに訊きたいことがある。今宵は城中に止め置くように」

と、残留させるよう側近の者に命じた。理由は、波多親に陰謀の疑いがあるので尋ねたいことがあるということであった。

秀吉が好色であることを直茂の妻から聞かされていた秀の前は、それは口実であって、手籠めにされるのではないかと疑い、その折は自害しようと懐剣をもって出かけた。

ところが、ここで思わぬことが起こった。座敷に入ろうとした瞬間、その守り刀を敷居の上に落としてしまったことから秀吉の怒りを買うことになったのである。

想定外のことは朝鮮でも起こった。

賢三兄弟ら七百五十人を乗せた波多衆の軍船は、鍋島軍とは別に波多津から出帆したが、波多軍が釜山に到着した時、そこに鍋島軍の姿はなかった。

「なぜいない……」

堯は狐につままれたような気持ちになった。

「殿が病気にかかられて、少し手間取ってしまったからな。鍋島軍はもう北上したの

かもしれぬ。それにしても困ったことになったな」

と、豪海は言うと、

「ここは殿のご命令に従わざるを得ない」

と、賢は二人に耳打ちした。

やがて波多親が出てきた。

「我らは二番隊である。だが、鍋島直茂公の配下ではなく、れっきとして独立した大名である」

「我々は……」

しかし、その後の言葉がつづかないので、横の重臣がそっと耳打ちした。

「よって、熊が江を死守する」

ふたたび横の重臣が耳打ちした。

「いや、熊川を死守する。あえて鍋島軍を追って北上する必要はない。ここが敵軍に抑えられると困るのである」

と、檄を飛ばした。

「おいおい、賢兄、大丈夫か？」

豪海が不安そうに小声で訊いた。

「うむ、熊川は海上輸送路の要所。たしかにこの場所が敵に落ちると困る。ここはもはや殿に従うしかあるまい」

と、賢は答えた。こうして波多軍はあえて北上せず、熊川周辺にいた。

ところが文禄二年（一五九三）五月、いきなり豊臣秀吉から波多家に改易が通告された。まだ波多軍は朝鮮在陣のままであったが、波多親の身柄は黒田長政にお預けとなり、波多家の所領はすべて秀吉の直轄地として没収されることになった。

それを知った波多軍は、どういう沙汰が下るかと戦々恐々としていたが、帰船する時、対馬を少し過ぎた辺りで船が止まった。甲板に出ると、波多軍の兵士たちが海をいっせいに眺めていた。

それにつられて賢も沖に目をやると、近くに一艘の小舟が進んできた。小舟には黒田長政が乗っていた。その小舟から長政は軍船に上ってきた。

「お役目、ご苦労さまでございます」

と、家老の福井山城守が頭を下げて出迎えた。

「波多親殿はいずこにおられる？」

まもなく親が甲板に出てくると、

「お話がござる」

と、長政は親を連れて船内の部屋に入っていった。波多軍の兵士たちが驚いている
と伝令がきた。

「鶴田賢公、殿がお呼びでございます」

「何事だ」

「わからぬ」

なぜ、賢が呼ばれたのか、堯と豪海には理由がわからなかった。

やがて、賢がもどってきた。

「兄者、なにかあったのか？」

堯が不安そうに訊いた。

「うむ、困ったことになった。わたしは殿に付いて対馬へ行かねばならぬ。その後は、大坂の徳川公のお屋敷までお供することになった」

「なに！」

「秀吉公からの譴責状《けんせきじょう》が殿に対馬で下されることになった。ともかく、しばらくは帰れぬ。織江や子どもたちのことを頼む」

やがて親がふたたび甲板に顔を出すと賢も侍者として、準備されていた別の船に乗り移った。対馬までもどることになったのである。

対馬の宗家《そうけ》屋敷の一室で波多親に下された秀吉の譴責内容を、賢は隣の部屋から耳にした。結果は厳しいものであった。

一、鍋島直茂の与力として一緒に行動するよう命令されていたのに、海岸部にとどまり、内陸へ進撃しなかった軍規違反。

二、進まなかった理由を病気にしたことは臆病の叱責。

三、主力の軍が撤退する時になって、逆に内陸部へ進んだ軍規違反。

四、秀吉から優遇されたにもかかわらず、抜きんでた奉公をしなかった情状不良。

(やむを得ぬ……。鍋島直茂公は奇襲戦法によって大友軍を打破された。秀吉公はその迅速で機転ある行動を求められたのだろうが、それを殿に求めるのは無理だ……)

秀吉は、波多親のことを、武将としては弱く、遅疑逡巡《ちぎしゅんじゅん》、かつ優柔不断な男とみたのであった。

しかし、自分の主君とはいえ、賢には親《ちかし》の気持ちもわからないわけではなかった。幼くして友と交わることもなく、津保子や重臣の命ずるままに動いてきた親である。自分の肌で周囲を読み、決断を下すことができないために、このような結果を招いたのだろうと思った。

その一方で、賢は父に感謝をした。その頃は、草鞋取りの仕事を軽んじていたが、その三年間の役目によって、人の気持ちや時代の流れを読む力が育まれたように思う。ただ、波多家の改易によって、これから家臣を初め自分たちの生活がどうなるのか、賢にはまったく想像がつかなかった。

一方、八並は主君の帰りを出迎えようと、続々と帰国する日本軍の中に波多親の姿を求めた。だが、一行の中に親はいなかった。

「殿は？」

と尋ねても、波多軍の家臣たちは涙を流すのみであった。

その夜、八並は堯と豪海に状況報告を求めた。

「殿はなにゆえ、鍋島軍と行動を共にされなかったのじゃ」

「釜山に到着するのが遅れたのです。直茂公は我らの到着を待たずに北上されていたようです」

と、豪海が答えた。

「殿が臆病をかこち、熊川に隠れておられたという噂が聞こえているが、それはまことか。熊川は重要な拠点ではないのか」

と、八並は畳みかけるように訊いた。

「熊川は名護屋城本陣と朝鮮を結ぶ唯一の兵站《へいたん》基地です」

しかし、堯の見方はちがった。

「わたしは、人質時代から直茂公の姿を拝見してまいりました。直茂公は時機を逃されるようなお方ではございませぬ。殿も、あの時、『熊川に独自の陣を構える』などと仰せられず、鍋島軍を追ってすぐに北上されればよかったのです……」

「ただ、我らはその後、北上して戦ったではないか。波多軍は半数以下になるほど戦った。現場にいた者でなければ苦労は理解できぬ」

と、豪海は堯に言った。

「しかし、帰船の港ではすこぶる我らの評判が悪かった。我らは消息不明のまま一年半以上も熊川にいたことになっている。しかも少し北上して戦利品だけ集めて持ち帰ったことになっている。秀吉公の耳には単独行動の軍令違反として入っているらしい。

もし、そこを突かれたら申し開きはできぬ」

と、堯は豪海に反論した。

「軍令違反……」

と、八並はがっくりと崩れるように両膝を突くと、男泣きに泣いていた。

鬼子岳城は有浦高を筆頭として、値賀長、有浦正、そして賢の長女の夫である鶴田太郎右衛門が留守居役として取り仕切っていたが、特に切実だったのは大坂で人質になっていたお秀の方と養子の孫三郎、そして、浪人となった家臣たちの生活問題であった。

やがて、新たに秀吉から命令が下された。波多親、およびその家臣の横田右衛門佐、鶴田賢は、黒田長政の軍船に乗せられて対馬を出発し、瀬戸内海を経て徳川家康の大坂屋敷へと入ることになった。

賢は朝鮮から大坂の徳川屋敷へ着くと、人質になっていたお秀の方と孫三郎のもとに波多親を案内した。

お秀の方は泣いた。

「なにゆえ、このようなことに……」

横で泣く孫三郎の姿に、賢も涙を隠すことができなかった。

賢はいったん、鬼子岳城にもどるとふたたび大坂屋敷に上り、ひたすら波多親と家族に寄り添った。波多親はこの大坂屋敷に七十日ばかりいた。その間、無実を証明してもらう書状をあちこちに書き送ったが、誰も秀吉の命令に逆らうような真似はできないでいた。

そしてこの屋敷で波多親は最終的な処遇を下された。

――領地没収の上、常陸国《ひたちのくに》の筑波（現・茨城県南西部）山麓へ流罪

そして、秀吉は波多家の鬼子岳城と所領のすべてを寺沢志摩守に与える命を下した。これに怒った家臣たちは名護屋城に攻め入って討死にすることを主張したが、それも叶わず、中には鬼子岳城で切腹する者も出てきた。

その少し前、波多親は秀の前と重臣九人に向けて書状をしたためた。

一、抵抗することなく城を明け渡すこと
二、子孫を武士にさせないこと
三、自分の武具は城に埋めること

四、財産は家臣たちに配分すること
五、秀の前は老臣たちと相談して行末を決めること
六、養子の孫三郎を立派に育てること
七、孫三郎が成長したら武士にならないよう申し伝えること

その後、秀の前は八並武蔵守、渡辺五郎八らに連れられて佐嘉にもどると、養子の孫三郎と共に波多家再興の日を待っていた。

しかし、慶長元年（一五九六）十一月四日、波多親は配流先の常陸国・筑波において四十六歳の生涯を閉じた。その訃報が届くと、秀の前は望みを失って出家して尼僧となった。

秀吉は慶長二年（一五九七）に二度目の朝鮮出兵を挙行したが失敗し、翌年九月に死去した。ここで豊臣家の栄華にも終止符が打たれた。

十三

文禄二年（一五九三）五月に波多家が改易されて以来、賢を取り巻く環境は大きく変わっていた。寺沢志摩守広高に安堵された鬼子岳城は唐津城へ組み込まれていた。

寺沢は、尾張国に生まれ、父・広政と共に豊臣秀吉に仕えて名護屋城の普請役《ふしんやく》を務めた後、秀吉の取り次ぎを担当していた。秀吉の死後は家康の取り次ぎ役となり、慶長五年（一六〇〇）の関ヶ原の戦いでは東軍に与し、その戦功によって肥後・天草に四万石を加増され、十二万三千石を領する大名となっていた。

一時期、寺沢広高は長崎奉行にまで出世し、キリシタンに改宗したこともあったが、慶長二年（一五九七）の秀吉の命令によって長崎で行われた日本人カトリック信者二十六人の処刑を契機に棄教していた。

その頃、鶴田賢は豊臣家直領の代官として紀州粉河《こがわ》に呼ばれたため、家族と共に赴任したが、四年ほど勤務した後の慶長四年（一五九九）十二月に故郷にもどってきた。多久家の多久安順《たくやすとし》（龍造寺長信の長男）の馬乗格として、二百石で迎えられることになったからである。

馬乗格とは平時には馬を世話し、戦時には数人の従者を連れて騎乗して戦う上級武士のことである。賢は弟の堯と豪海と共に、その馬乗格として梶峰城に出仕していた。

弟想いの賢は、浪人をしていた堯を不憫に思い、自分の石高二百石の半分の百石を堯に譲ることで、多久安順から堯を多久家に仕官させる約束を取り付けた。すでに叔父の鶴田勝は武雄に没し、甥の八並弥五郎は鍋島家に仕官していたが、賢たちは、三人兄弟仲良くつつましい生計を立てていた。

家康によって江戸幕府が創立された二年後の慶長十年（一六〇五）の秋、朝の膳に向かいながら、賢は織江に言った。

「そなたに見せたいものがあるのだが……」

「さあ、なんでございましょう?」

と、織江はころころと笑った。

「鬼子岳城に上ってみたいのだ」

「鬼子岳城? なにゆえでございますか」

と言いながら、茶を出す。

「もう、わたしも還暦を迎えた。ようやく平穏な生活ができるようになったが、これまでの我が歩みをもう一度確かめておきたい」

「過ぎたことを振り返ってどうなさるというのです。あそこには戦国の争乱と報復の不安、そして恐怖の中で生きて来た暗い思い出しかございませぬ」

と、眉をひそめた。

「たしかに良い思い出はない。だが、あそこには良い場所がある。それをそなたに見せてあげたいのだ」

「鬼子岳城はすでに寺沢さまの見張り番所でございましょう。行けるものですか。わたくしはまいりませぬ」

「いや、沢の子の與太郎《よたろう》がせっかく許可をもらってくれたのだ。引っ張ってでも連れていくぞ」

と、賢は笑った。寺沢家に仕官していた長女・沢の婿の太郎右衛門が急逝したため、嫡子の與太郎が後継者として寺沢家に仕えていたのである。與太郎は賢と織江の孫に当たっていた。

その日の昼下がり、馬で鬼子岳城に着いた賢は、城下の茶屋でしばらく休みながら織江と語った。

「今なお、ここにはかつての守る苦しみが満ちているな」

と、辺りをうかがいながら小声で言った。

「守るために戦ってきた人びとの執念が、この城には残っているようでございます」

と、織江も声をひそめた。

やがて、陽が西に傾くと、

「よし、もうよかろう。まいろうか」

と、賢は織江を促してつづら折れの山道を登った。

途中、織江は苦しそうに息を切らせた。

「きついか?」

「もう六十に近いというのに、こんなにきつい目に合わせて、いったい何をお見せになりたいのです?」

と、織江は少し苦い顔をした。

「来ればわかる。さあ」

と、賢は織江の手を引いた。

ようやく山道を登り詰めると大手門にたどり着いた。そして左に折れてしばらく進むと、燃えるような紅葉の中に二の丸が建っていた。かつては雑談を交わしながら往

来したり、門を警護したりする家臣たちで賑わっていた鬼子岳城も雑草に覆われていたが、

「ここだ、これを見せてやりたかったのだ」

と、賢は叫んだ。

そこからは秋の陽を浴びてきらきらと輝く玄界灘が見えた。

「こんな美しい場所があったのですね……」

と、息をはずませながら織江は瞬きもせず見とれていた。

賢は腕を組んでつぶやく。

「幼い頃から、わたしはあの海で仕事がしたかった」

「海のお仕事？」

「明との交易をやってみたかったのだ」

賢は、倭寇の親玉の王直《おうちょく》が処刑されたこと、明と幕府の貿易抑制策によって夢が叶わなかった経緯を語った。

「だが、我が人生に悔いはない。これまで上も下も、裏も表も、甘さも苦さもすべて学んできた。それが氏神から与えられた宿命だったのかもしれぬ」

「いろんなことがありましたからね」

と、織江は感慨深そうにつぶやく。

「わたしは、十二歳で父上から草鞋取りを命じられた。最初はばかばかしいと思ったが、あの仕事によって人間の妙を知る力が養われた。今では学び得た多くのことが心の宝として輝いている。父上には感謝している」

と、賢は胸が熱くなった。

「どのような小さな仕事にも意味があるのでございましょう。でも、それを命じられたお父上も偉大なお方でございました」

「いや、そなたの支えがあったればこそだ」

「いいえ、わたくしはなにもしておりませぬ。あなたはこれまで子どもたちのために身を削っておいでになりました」

「人生の前半はおぞましい裏側ばかり見てきた。奸計、密告、謀殺など、どうしようもない人間の悪業ばかりを見てきた。だが、後半はそなたから表を教えられたように思う」

「表？」

「直伯父が謀殺された時、わたしは人間の裏側ばかりを考えていた。正しい者に味方をしない神、正義を貫こうとしても守護しない神に不信を抱いていた。だが、そなたから、それがまちがいであることを教えられた」

「あの頃は、あなたは父上の仇討ちのことばかりを考えておられました」

と、織江は海を見つめながらつぶやいた。

「怨みとは人間の裏を見るから名づけられたのかもしれぬな……」

と、苦笑しながら、

「ところで、そなたに悲しい思いをさせることが偲ばれて、これまでどうしても伝えることができなかったが、直伯父の謀殺は自分が犯した大罪であると後室さまが告白されたらしい」

と、語った。織江は驚いた顔をした。

「じつは、ずっと以前に八並から聞いたことがあった。後室さまはいまわの際に、詫びたいがもはや叶わぬと、懺悔の遺言を八並に託されたらしい。最期は手を合わせながら息を引き取られたという」

織江は賢の目を見つめていた。

「同席していたという重臣の数人にも質《ただ》してみたが、偽りではないようであった」

「そうでございましたか……」

「わたしはそれまで伯父上の仇を討つ目標にのみ、己の生きがいを感じていた。だが、その話を聞いてからというもの、どのような悪人も最期は心を浄化せずして逝くことはできないのだと思うと、やっと報復の剣を捨てることができた……」

「この哀しみに満ちたお城に、こんなきれいな場所があるように、この世は汚いことばかりではないのかもしれませぬ……」

と、織江は涙をぬぐった。

賢は言った。

「それにしても、大友宗麟、龍造寺隆信、豊臣秀吉、波多親、お秀の方、みんな歴史の表舞台から姿を消した。まさに諸行無常だな……」

「どのような人生模様も最後は無常の波濤に呑み込まれていく。だからこそ、みんなあの波のように輝く瞬間を求めるのかもしれませぬ……」

「みんな輝く自分を見たいのだ」

「人生に帰る道はありませぬ。輝く潮も時間とともに常に変わっております。でも一瞬でもいいから輝く自分を見てみたいのです」

「あの残照の波濤《はとう》のように?」

「そう、あの波濤のように……」

二人の瞳には、暮れなずむ玄界灘の輝きが映っていた。

「人間は浮いたり沈んだりしながら、多くのことを学んでいく。大きなことは成し遂げられなくても、学び得た収穫に心の宝があると思う」

と、賢は目を細めてつぶやく。

「きっと、それが神から与えられた人生なのかもしれませぬ……」

と、織江もつぶやいた。

「ところで、わたしは出家したいと考えている。許してくれぬか。もうわたしも還暦を迎えたからな。好きなことをしてみたい」

と、賢は告げた。

「出家、でござりますか?」

「この地を守るために戦塵の露と消えていった人びとの供養と国家安泰のために、この上松浦の山野に分け入って法華経の読誦をしたい。駄目か?」

と、賢は織江に訊く。

するを、織江は笑った。

「……お好きなように輝かれませ。わたくしも好きなように輝かせていただきます」

「そなたはどう輝きたい?」

「大谷の地でゼウスさまへ祈りの日々を過ごしていきとうございます」

「祈りの日々か……」

「もはや子どもたちも独立しました。大谷には田畑があり、川がございます。平穏に食べていくことさえできれば、ほかに望むものは何もございませぬ」

陽はすっかり西に傾きかけていた。真っ赤な夕焼けに照らされて玄界灘が光っていた。

ほどなく、鶴田賢は「三省《さんせい》」と号して修験僧となり、寛永三年（一六二六）四月二十九日、多久の別府《べふ》で瞑目した。八十二歳の末期《まつご》の水は織江がとった。

獅子ヶ城（前・賢時代）家臣団

後賀民部少輔　家老、越前守代役
井手参河守　家老、越前守代役
江口伊賀守　家老
下広出雲守　旗本
砥川伊予守　旗本
多良若狭守　旗本
牧瀬佐渡守　旗本
平子善右衛門　中老（城中の政務を司る）
本山渠　中老（本山を知行《ちぎょう》する）
船山右京亮　中老（船山を知行する）
山口甚助　中老（客分、前に仕える）
中島新五右衛門　（中島を知行する）
山口隼人　（平山村を知行する）
中田江明甫　（平山村を知行する）
居石蔵人　（平山下村を知行する）
居石内蔵允　（瀬戸木場を知行する）

藤田右衛門　　　　郡方奉行
加々良内蔵介　　　納戸奉行
勝屋右近允　　　　旗奉行
原　主税助　　　　馬廻役
宮原近江守　　　　天山宮祠官
田久保甚五衛門　　侍大将
白水運五郎　　　　侍大将
大宝主馬佐　　　　侍大将
渕上内蔵介　　　　鶴田前の子を育てる。前の警護役
河原善太郎　　　　鶴田前の警護役
秀月斎　　　　　　医師
安心斎　　　　　　針医
宝性坊　　　　　　修験者、厳木権現の祠を司る
不動院　　　　　　修験者

後賀源三郎、後賀甚四郎、河原次郎右衛門、藤田新三郎、吉野平左衛門、宮原相模守、小松兵庫介、原新左衛門尉、竹下要之助、竹下権左衛門尉、市丸与三郎、市丸又三郎、曲

淵仁兵衛、曲淵藤助、曲淵仁左衛門、白水十五左衛門尉、白水助左衛門、広瀬七郎右衛門、井手源吾、井手甚八、井手忠兵衛、西尾市助、横尾安左衛門、梶原源三郎、下平宗清、河内丸弥右衛門、吉松権兵衛、吉松千兵衛慰、江口清兵衛、江口次郎兵衛、岩永藤兵衛、岸川仁吾左衛門、道原覚右衛門、山口甚太郎、二ノ瀬金吾兵衛、永田玄蕃允、井元権兵衛、松永右衛門尉、黒岩義左衛門、曲川四郎五郎、田中右衛門尉、岩部源左衛門、屋那瀬藤七兵衛、富松主殿助、佐伯主計允、藤次左衛門、平松久蔵、辻諸右衛門、大向後主馬允、厳木朝順

『秀島鼓渓覚書』より

鬼子岳城家臣団

日高大和守（浦・日高城）
鶴田越前守（岩屋・獅子ヶ城）
鶴田因幡守（大河野・日在城）
青山采女（山本・青山城）
値賀伊勢守（玄界・値賀館）
有浦播磨守（有浦館）
川添大和守（徳須恵・川添館）
相知掃部助（相知館）
日高甲斐守（有浦館）
草野長門守（玉島・鬼ヶ城）
黒川左源大夫（黒川・姥ヶ城）
清水伊豆守（石志・清水城）

田代日向守　（田代・村亀井館）
江里長門守　（佐里館）
土岐伊賀守　（佐里館）
久家玄蕃　（板木・法行城）
久家祐十郎　（板木・法行城）
河副監物　（重橋城）
横田右衛門　（稗田・波多城）
杵島権太郎　（山崎・杵島城）
杵島仁平太　（山崎・杵島城）
井手飛騨守　（井手野・新久田城）
畑津平内　（畑津・御岳城）
畑津左京　（畑津・御岳城）
久田五郎　（五千石）
久家藤吾　（六千石）
中村安芸守　（五千石）
岡本山城守　（五千石）

神吉信左衛門　（二千石）
佐志将監　（八千石）
保利播磨守　（五千石）
福井山城守　（三千石）
奈良﨑周防守　（二千石）
松尾阿波守　（二千石）
岩城時左衛門　（二千石）
米倉新七郎　（一千石）
峯丹後守　（三百石）
佐々木近江守　（二百石）
下保佐内　（三百石）
名古屋和泉守　（三百石）
寺澤春平　（三百石）
八並武蔵守　（三百石）
馬渡又八郎　（三百石）

おわりに

この物語は戦国時代の上松浦の歴史について書き下ろしたものである。二〇〇一年八月に唐津市厳木《きゅうらぎ》町大谷から十字架が出土したことが契機となって、郷土を守るために散っていった人びとのことを伝えたかったからである。

ある古老が言った。

「伊万里や平戸や唐津に近いから、我が町もかつてはキリシタンが少なくなかったようである」

町のある一角で、潜伏キリシタンが処刑された話も聞いた。

戦国動乱という苛酷な時代に、愛を説くキリスト教をもたらされたことは皮肉なことであるが、庶民としては平和と幸福を祈る信仰を求めていたのかもしれない。

本書を執筆するに当たり、最初は歴史的事実に基づいて忠実に書こうとしたが、書状、伝記などの古文書は伝えられているものの、内容がそれぞれ異なっていることを知った。

同じ事件であっても、ご当地贔屓《ひいき》からくる粉飾が感じられるものもあった。武将のベースとなる系図についてさえ、数十もの見解に分かれていて、どれが真実なのか迷うこともあった。

本書の主人公である鶴田賢や父親の前、あるいは伯父の直の生年月日はさまざまな史料から推測して書き下ろした。メジャーな部分を史実として拾い出す一方で、不確実な部分は合理的な判断によってつなぎ合わせることにした。

その上で、鶴田賢の生涯にフォーカスし、彼がなにを考え、どのように行動したかを検証しつつ、歴史小説の形式をとった。小難しい歴史も小説として表現するなら、中高生にもわかりやすいものになると考えたが、脱稿すると少し難しい内容になってしまった感もする。そこはご寛恕いただきたい。

わたしの寺では開山以来、寺の裏にそびえる獅子ヶ城の攻防で戦塵《せんじん》の露と化した戦国武将や女性たちの供養をつづけているが、いつだったか、彼らが求めているものは、果たして祝詞《のりと》や読経《どきょう》の類いであろうかと考えたことがあった。むしろこの郷土を守るために戦った事実を知ってもらい、平和な地域社会を築いてくれることを求めているのではないかと思った。

現代を生きている我々にとっては、戦国時代のことなど関心も興味もないかもしれないが、わたしたちが今を生きているのはビーストリーな時代を生き抜いてきた祖先の上に成り立っている。

祖先の誰ひとり欠けても自分という存在はなかったのである。

自分の生命と財産を守ることは人間にとって自然権である。現に、フランスの人権宣言、アメリカの独立宣言の中にも、そのことが謳われている。すべての国家はそれを責務としているが、自分の生命と財産を守ろうとして日本の戦国争乱の時代は展開されたのである。

その意味では、人類には時代や民族を超えた「危うさ」がひそんでいる。

単に歴史を振り返るだけではなく、過去の轍を踏まない理性を育てることがこれからの平和を担う青少年に不可欠とするなら、人間にひそむ「危うさ」を知る心の教育も大切なことだと思う。ともあれ、本書が先人の供養の一端にでもなれば望外の喜びである。

二〇一八年七月

合　掌

鶴田家略系図（推定）

松浦《まつら》久《ひさし》――持《たもつ》――来《きたる》――披《ひらく》――伝《つとう》（日在城城主）

- 直《ただす》（鶴田越前守・獅子ヶ城城主）
- 前《すすむ》
  - 賢《まさる》（甚五郎《じんごろう》）（刑部大輔上総介）
  - 堯《たかし》
  - 豪海《ごうかい》
  - 武《たける》
  - 救《すくう》
- 勝《すぐる》（兄・直の養子となる）
- 正《ただし》
- 弘《ひろむ》
- 千《せん》＝八並常陸介《やつなみひたちのすけ》
  - 弥五郎《やごろう》（八並武蔵守）

（以下略）

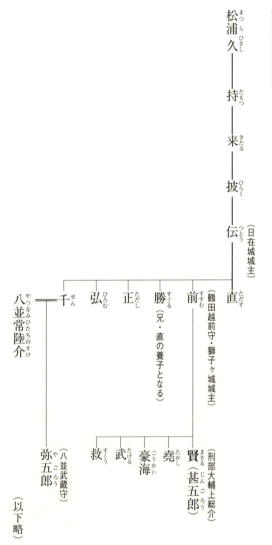

波多氏姻戚関係略系図（推定）

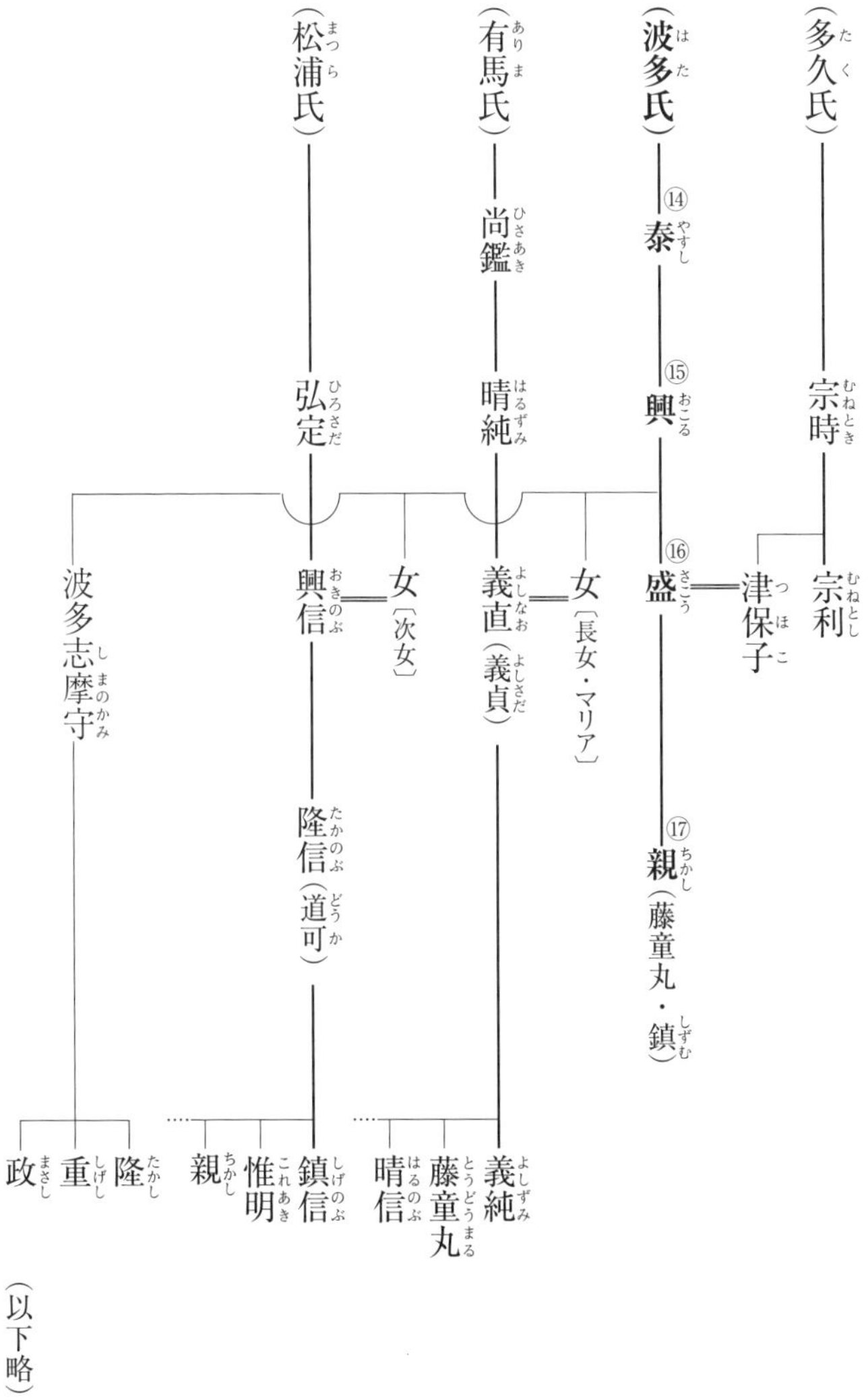

龍造寺家略系図（推定）

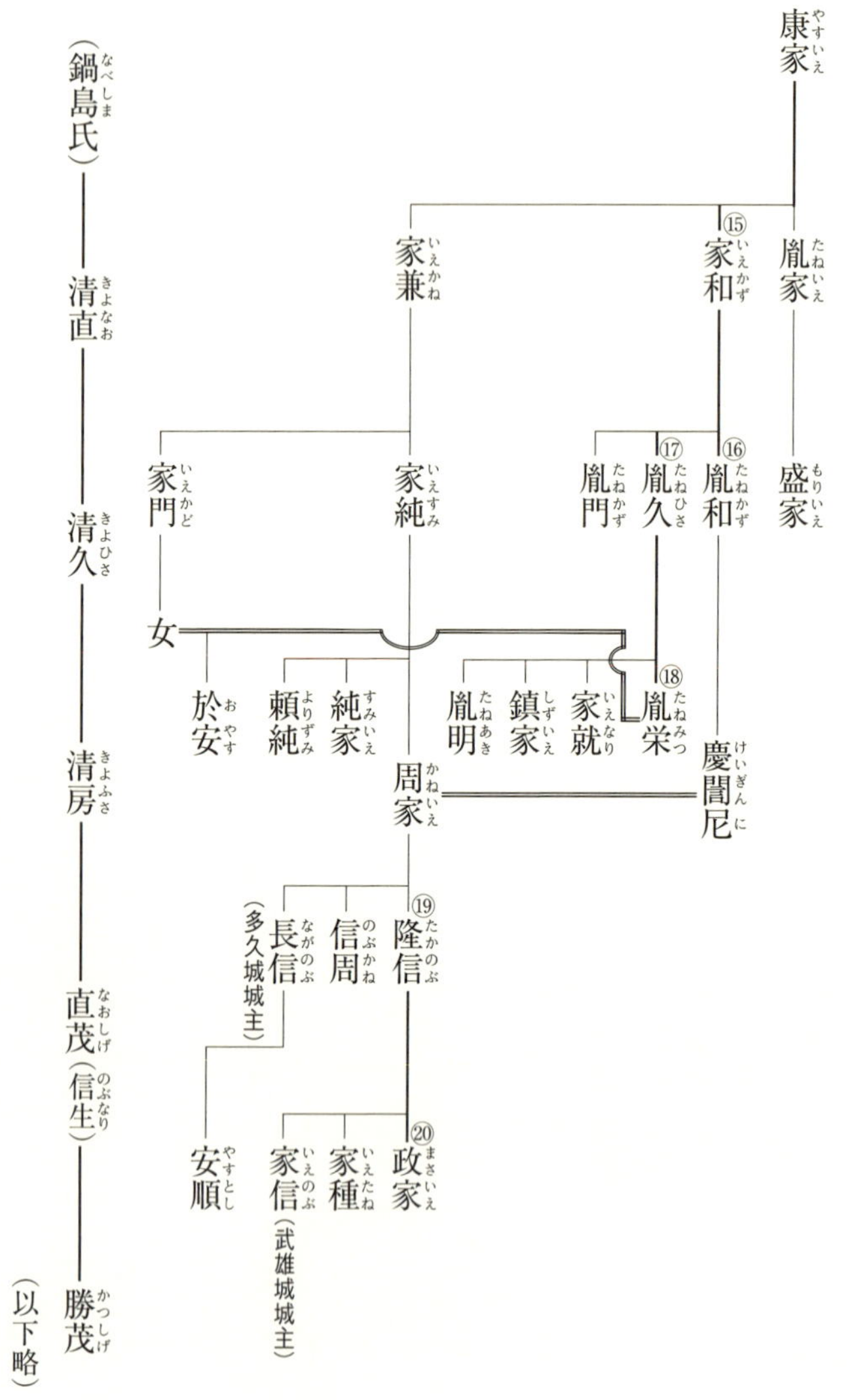

康家《やすいえ》
胤家《たねいえ》
盛家《もりいえ》
⑮家和《いえかず》
⑯胤和《たねかず》
慶誾尼《けいぎんに》
⑰胤久《たねひさ》
⑱胤栄《たねみつ》
胤門《たねかず》
家就《いえなり》
鎮家《しずいえ》
胤明《たねあき》
家兼《いえかね》
家純《いえすみ》
周家《かねいえ》
純家《すみいえ》
頼純《よりずみ》
家門《いえかど》
女
於安《おやす》
⑲隆信《たかのぶ》
信周《のぶかね》
長信《ながのぶ》（多久城城主）
⑳政家《まさいえ》
家種《いえたね》
家信《いえのぶ》（武雄城城主）
安順《やすとし》
（鍋島氏《なべしま》）
清直《きよなお》
清久《きよひさ》
清房《きよふさ》
直茂《なおしげ》（信生《のぶなり》）
勝茂《かつしげ》
（以下略）

参考文献

『壱岐国史』
『厳木町史』
『北波多村史』
『岩屋家譜』
『松浦拾風土記』
『松浦記集成』
『秀島鼓渓覚書』
『印山記』
『九州治乱記』
『享天事記』
『岸岳城盛衰記』　山崎猛夫　第一法規出版
『続・松浦党戦旗』　神尾正武　新人物往来社
『肥前鶴田氏の研究』　鶴田　徹　鶴　鳴　社

本書に関する年表（推定）

和暦	西暦	月日	出来事
永正4年	一五〇七		鶴田前、生まれる
享禄3年	一五三〇		大内義隆、少弐資元を佐嘉に攻む（大内義隆筑前守護）
天文13年	一五四四		龍造寺、日在城攻撃（立川の戦い）
天文14年	一五四五		獅子ヶ城修復再興、鶴田前を城主とす
〃	〃		鶴田甚五郎（賢）、生まれる
天文15年	一五四六		於安、生まれる
天文16年	一五四七		鬼子岳城主波多盛、急死（跡目相続評定はじまる）
天文19年	一五五〇		藤童丸（波多親）、生まれる
天文20年	一五五一		鶴田堯、生まれる
天文23年	一五五四		鶴田豪海、生まれる
弘治元年	一五五五	4月9日	壱岐亀丘城城代波多隆、襲撃され自害
弘治3年	一五五七	8月	藤童丸、鬼子岳城に入る
永禄2年	一五五九	2月	龍造寺隆信、少弐冬尚を自刃させる（大友宗麟、筑前、豊前守護となる）
永禄3年	一五六〇	6月	千葉胤誠、小城晴気城を龍造寺隆信に落とされる
〃	〃	6月	有馬、龍造寺を杵島に攻める
永禄6年	一五六三		大友と龍造寺戦う（丹坂の戦い）
〃	〃		鶴田賢、龍造寺の人質となる
永禄7年	一五六四	8月7日	日高資、毒殺される
〃	〃		鶴田直、誘殺される

〃	〃	12月29日	日高喜、鬼子岳城を占拠す
永禄8年	一五六五	1月	日高、壱岐亀丘城奪還
永禄12年	一五六九	12月29日	龍造寺、鬼子岳城を落とす
元亀元年	一五七〇	1月1日	日高喜、壱岐にて波多政を殺す
〃	〃	8月	大友と龍造寺戦う（今山の戦い）
元亀2年	一五七一		小田鎮光、龍造寺隆信に謀殺される
元亀4年	一五七三		小城にて一揆
天正元年	一五七三	12月	龍造寺、獅子ヶ城を攻める。獅子ヶ城開城
天正2年	一五七四	1・2月	龍造寺、草野・鬼ヶ城を攻める
天正4年	一五七六	6月28日	鶴田前、病没する
天正5年	一五七七		波多鎮、鬼子岳城に再入城
天正10年	一五八二	6月	織田信長、本能寺で自害（本能寺の変）
天正11年	一五八三		於安の方、波多親に嫁ぐ
天正12年	一五八四	7月	豊臣秀吉、関白となる
天正15年	一五八七	5月	島津、豊臣秀吉に降伏する
天正18年	一五九〇		法華経一千巻が室園神社において読誦される
文禄元年	一五九二	3月	豊臣秀吉、肥前・名護屋城を完成させる
〃	〃	4月	豊臣秀吉、日本軍を朝鮮に出兵させる（文禄の役）
文禄2年	一五九三		波多家、改易される
慶長元年	一五九六	11月	波多親、配流先の常陸国筑波で病死
慶長4年	一五九九		鶴田賢、多久安順に仕える
寛永3年	一六二六	4月	鶴田賢、死す

相知町からの鬼子岳城址

松浦川の横に位置していたことから、玄界灘に至る水運を支配し、海外交易の拠点でもあった。

妙法寺からの獅子ヶ城址

史料には鎖を使って登っていたとされている。三方が岩壁で屹立する難攻不落の要害であった。

牛尾日秀（うしお・にっしゅう）
1951（昭和26）年、佐賀県唐津市厳木町に生まれる。1963年、出家得度。1973年、法政大学社会学部卒業。1988年、獅子王山妙法寺管長就任。2011年にアジア仏教徒協会理事長就任、2017年に退任。著書に『人生をひらく6つの鍵』（みずすまし舎刊）、『「道」はひらかれる』（幻冬舎MC刊）、『ブッダの真理』（みずすまし舎刊）など多数ある。海外支援、国際仏教徒交流、青少年育成、講演もおこなっている。

松浦党風雲録　残照の波濤

2018年7月28日　第1刷発行

著　者　牛尾日秀

発行所　みずすまし舎
〒813-0003
福岡県福岡市東区香住ケ丘5−9−38
電話 092−400−3616

印刷所　株式会社 西日本新聞印刷
〒812-0041
福岡県福岡市博多区吉塚8−2−15
電話 092−611−4431